BAINS DE NUIT

Cathy Guetta

Bains de nuit

Fayard

ISBN : 978-2-213-63117-2

Avec la collaboration de
Clara Dupont-Monod

Qui a inventé la généalogie ? Quelqu'un qui en avait une. Quelqu'un qui n'a pas pensé aux sans-racines et qui s'est dit un jour : dans les classes, les enfants devront dessiner un arbre pour savoir d'où ils viennent. Résultat, cette personne me crée des problèmes. Une fois par an, la maîtresse nous propose de sortir nos crayons pour que chacun trace son arbre généalogique. Et, ça ne rate jamais, mes branches rasent le sol. La maîtresse s'étonne à voix haute. Une vingtaine de regards pivotent vers moi, assise au troisième rang. Je baisse les yeux. Je regarde les carreaux écossais de ma blouse. Mes chaussettes blanches sont tirées jusqu'au genou. Mes mocassins brillent. Je suis impeccable.

J'ai neuf ans. Ma peau est caramel, mes cheveux, crépus, et mon arbre vient à peine de germer au fond d'un petit village des Cévennes. Mais qu'est-ce que je peux écrire ? « Père noir embarqué sur un navire militaire – mère blanche qui attend le retour de son mari » ? Un peu court. En réalité, ce qui me pèse n'est pas d'avouer que je n'ai pas d'ascendance. C'est d'affronter les regards des autres, convaincus d'une idée idiote : être sans généalogie, ce serait être sans famille. Moi, j'en ai une. Je n'ai pas besoin de lignes qui partent à droite et à gauche, auxquelles sont suspendus des noms inconnus pour savoir d'où je viens. Mon père, ma mère et mes deux frères valent des forêts entières.

« Alors, Catherine, que se passe-t-il ? Tu ne sais pas où placer tes grands-parents ? » Je n'ai jamais rencontré mes grands-parents paternels. Mon père, Albert, a été ramené d'Afrique par des missionnaires français. Ce sont ses propres mots. Il a été placé dans une famille d'accueil, des commerçants protestants déjà dotés de huit enfants. À ce moment-là, mon père avait sept ans et des racines à planter. Il n'a jamais revu ses parents naturels, au Cameroun. D'ailleurs, il n'y a plus remis les pieds. Il ne parle pas de son pays natal. Il se tait aussi sur son arrivée en France. Mais je peux imaginer les regards en coin, les têtes tournées vers un Noir largué en pleines

Cévennes, au début des années trente... Lui, non. Il ne s'est jamais senti différent. Il était simplement très content d'être là.

La famille d'accueil ne dira jamais que s'occuper de ce petit Noir fut un devoir, un impératif chrétien. Ils parleront d'élan volontaire, de décision prise en toute conscience. Une pensée protestante... Et c'est peut-être vrai, après tout, mais alors il aurait fallu appliquer ces beaux principes à la descendance de mon père : mes frères et moi. Il aurait fallu me rendre visite, se montrer un peu attentif, afin que je me sente la petite-fille de quelqu'un.

Pour l'instant, mon grand-père, c'est de Gaulle. J'en suis convaincue. Mon père dit toujours : « Le père de Gaulle ! Le père de Gaulle... » Je n'ai jamais vu son visage, uniquement son ombre. Elle se découpe sur les livres de mon père. Grand bonhomme, grand nez, grande fierté : si ça, ce n'est pas de l'arbre généalogique ! Pour mon père, le Général se confond avec la France. Mon père aime ce pays autant qu'il nous aime. Sa terre, c'est Saint-Hippolyte-du-Fort, village pierreux, taiseux et sage, que rien ne fait vaciller. Mon père ressemble à ce village. Un roc, un silence, un résistant. Même d'une guerre, il ressort vainqueur.

Elle commence en 1939. Mon père, âgé de seize ans, croise la route d'un résistant. Cet homme va épauler mon père dans son engagement envers la France. Après avoir entendu l'appel du 18 juin, il aide Albert à gagner l'Angleterre. Le 1er mai 1942, celui-ci s'engage dans la marine. Il sera d'abord commis, serveur, puis maître d'hôtel de l'état-major. Finalement, il débarque comme les autres sur une plage normande. C'est le Général qui a organisé tout ça. Grâce à lui, mon père a trouvé du travail, une dignité et une famille en plus d'une patrie. Il a trouvé une place. Il l'a gardée une fois la guerre finie. Les officiers, auprès desquels mon père était maître d'hôtel, se réunissaient à Colombey-les-Deux-Églises. Chacun attendait une nouvelle affectation. Finalement, mon père a embarqué sur la *Jeanne*. Suivront le *Breton*, la *Rance*, et des escales nommées Dakar, Tahiti, Nouméa... Enfant, j'ai l'habitude de ces départs. Ces bateaux glissent sur les eaux du monde, parfois pendant une année entière.

Je regarde l'argentier. Dans la salle à manger, ce petit meuble vitré renferme les bouts de pays que mon père rapporte de ses missions. Un service à thé, des colliers de coquillages, une rose des sables, un cendrier de porcelaine à l'effigie d'un bateau. Autant de cailloux blancs rassemblés ici, sous mes yeux, comme la trace immobile d'un père absent. Deux étagères supportent des agendas, des décorations. Et les livres sur de Gaulle.

Je n'ouvre pas ce meuble sacré. Autant arracher les vêtements de mon père ! Mais j'aimerais savoir s'il a gardé un journal. Plus exactement, une revue matrimoniale de 1961. Parmi les petites annonces, il y en a une : « Jeune fille sérieuse désire fonder un foyer... » Voilà ce que je dois écrire sur l'arbre généalogique, comme famille maternelle : un journal matrimonial. Ma mère a envoyé l'annonce.

Mon père était alors instructeur à la base militaire de Hourtin, dans le Sud-Ouest. C'était en 1962. Tout s'est passé très vite. Après avoir répondu à cette petite annonce, il s'est rendu à Nice pour voir ma mère. Dans sa chambre de bonne, qu'elle partageait avec sa tante Annette, couturière, il y avait un berceau. Cela signifiait un milieu pauvre et une mère célibataire. Un Camerounais face à une fille mère… Difficile de réunir plus de stigmates pour l'époque ! Et pourtant cette alliance fragile a marché.

Ma mère a bouclé ses malles. Elle a pris son bébé sous le bras pour suivre mon père à Saint-Hippolyte-du-Fort. Finis les logements minuscules, les regards de travers, l'angoisse du lendemain pour son enfant ! Un homme bien était passé par là. Africain, d'accord, mais sanglé dans un uniforme de la marine. Ça supposait un mariage, une stabilité d'emploi, un avenir. Et une belle-famille. C'était oublier que les petits, les sans-grade, n'ont droit qu'aux demi-miracles. Quand ma mère est entrée dans la maison des Lasalle, juste derrière mon père, elle y croyait encore. Mais les Lasalle ont fermé leurs visages. Serré les dents, à peine regardé cette Alsacienne flanquée d'un bébé. Ma mère renonça aussitôt au désir de leur plaire. Ce jour-là, elle a appris que certaines familles d'accueil sont aussi capables d'exclure.

Alors mon père l'a emmenée avec lui en mission, très loin de ces gens, très loin de sa solitude. Car, quelques jours avant le départ pour l'Afrique, ma mère a enterré sa tante Annette. Son dernier lien familial. À quoi pensait-elle dans l'avion, en approchant du Sénégal ? Mes parents se sont mariés à l'ambassade de France à Dakar, avec deux témoins comme seuls invités... Là-bas, pas de racisme, un bon travail pour chacun. Mon père dirigeait le mess du centre militaire. Il orchestrait les grandes réceptions pour les amiraux fraîchement arrivés, les hauts fonctionnaires en poste. Ma mère était invitée. Elle se mettait « sur son trente et un », comme elle dit. On lui avait donné la charge d'une boutique. Pour la première fois, on lui faisait confiance. Elle tenait un pressing. Un commerce rien que pour elle ! Beaucoup plus tard, elle parlera encore de ses livres de compte avec fierté. Son fils aussi était heureux. Mon père avait donné son nom à Jean-Charles.

Mon frère Christian et moi sommes nés là-bas. Entre les bras d'une mère heureuse. Elle était jeune mariée, jolie. Elle adora Dakar parce que cette ville lui avait offert une place. Ce bonheur suffisait à gommer le souvenir de l'orphelinat, de la pauvreté, du silence glacé des Lasalle. Une fois là-bas, ce souvenir ne lui pesait plus. Puisque sa famille était décimée, que sa belle-famille restait les bras ballants, elle allait fonder la sienne.

Cela demande des efforts. Et des sacrifices. Jean-Charles fit de sérieuses crises d'asthme. Ces crises étaient plus violentes qu'en France. Son petit corps d'enfant paraissait comprimé dans un étau. Et ce bruit de l'air qui ne passe pas... Alarmée, ma mère courait les hôpitaux. Au fond d'elle, elle connaissait la cause. Le climat africain encrassait les bronches de son petit. Il fallut se résigner. Mon père accepta d'abréger sa mission, qui devait durer trois ans. Les valises furent bouclées sans enthousiasme. Ma mère l'ignorait, mais elle laissait derrière elle des amitiés qu'elle ne retrouverait jamais. Elle repartit d'Afrique avec ses enfants et le désespoir accroché au cœur. Direction la France, Toulon, quartier de Tempico. Jean-Charles entra en cure à La Bourboule. On troqua une situation en or pour un quotidien plus abrupt. À nouveau les regards insidieux sur ce couple mixte, l'étroitesse d'un appartement, la solitude... Car mon père est reparti en mer, laissant ma mère aux prises avec un nouveau statut : femme de marin. Il faut être assez solide pour gérer seule une maison, les revenus maigres et l'éducation de trois enfants. Aujourd'hui, j'éprouve une réelle tendresse pour ces femmes qui agitent la main sur un quai. Elles se détournent de la mer quand le bateau n'est plus qu'une tache noire à l'horizon. Il y a, dans ce changement de silhouette, la rupture subtile d'un équilibre. Leur monde bascule, perché sur un pied. Désormais il n'y a plus qu'elles. L'espoir d'un sourire, d'une famille heureuse, de lendemains sans peine, repose sur leurs épaules. Chaque fois qu'une femme tourne les talons pour longer un quai et rentrer chez elle, j'y vois une puissance à l'œuvre : l'aplomb des épouses et la force granitique des mères.

Enfant, je supporte bien l'absence de mon père. Cette absence ressemble à une dame silencieuse qu'il faut respecter sans la craindre. J'ai grandi avec elle. Elle ne me gêne pas. La première fois qu'il est revenu, après un an de voyage, je l'ai appelé « monsieur ». Réaction normale pour une gamine de trois ans. Quand il est reparti, j'en avais six. Je sortais d'une opération de l'appendicite. Je rêvais sur la destination : Tahiti. J'ignorais les soixante-douze heures d'avion sans escale, avec ravitaillement en vol !

En revanche, ma mère est triste. Chaque jour qui passe voile un peu plus son regard. À la fin, elle ne distingue plus personne. Comme son entourage est restreint, elle me parle. Elle se livre, se confie, elle m'abreuve de paroles. Je vois défiler son enfance, ses doutes et ses craintes.

Et puis, un matin, elle se détend. Elle file s'acheter son rouge à lèvres avec la paye. Car mon père est rentré ! C'est la fête. L'opulence ! Il nous rapporte des koalas en peluche, du beurre de cacahuète, et même un petit avion acheté en Australie. Cet avion avance tout seul. Il clignote dans le noir. Mes frères et moi nous enfermons dans la chambre pour le voir scintiller.

Tous ensemble, nous partons vers les grandes surfaces. Ces endroits magiques commencent à pousser un peu partout. Mon père a l'habitude de faire les courses d'un régiment entier ! Ma mère s'offre un sourire. Pour ce seul sourire, je voudrais remercier mon père d'être revenu. Mais sa pudeur est contagieuse. Elle gèle mes élans. Je n'ai jamais vu une trace d'affection, de fatigue, d'envie ou de regret chez mon père. Il vit sur la pointe des pieds, le cœur plein à ras bord de secrets. Qu'a-t-il vu sur ses océans, où a-t-il accosté, à quoi pensait-il avant de dormir ? Mystère. Il n'en parle pas. Cet homme a fait deux fois le tour du monde et il reste muet. Parfois, une phrase fuse à table : « Tiens, c'est comme à Tahiti... » Aussitôt ma mère le rabroue : « Oh, on le sait que tu parles anglais, que tu as voyagé... » Je crois qu'elle est un peu jalouse. Non pas de ses voyages, mais de l'attention qu'il pourrait capter. Elle l'a attendu assez longtemps, il ne faudrait pas qu'il prenne toute la place dans le cœur de ses enfants... Elle n'a que nous.

Mon père laisse sa femme marquer son territoire. Alors je renonce aux réponses. Je profite simplement de ce qu'il donne. J'aime le voir au stade, quand il arbitre un match de football.

Arbitre : son unique diplôme. Il en est fier, moi aussi. Ce rôle lui sied parfaitement. Justice et tempérance font partie de lui. Il reste stoïque, impérial, insensible aux insultes racistes qui fusent des gradins. Je l'imite. Je ferme mes oreilles et je pense à autre chose. À son éclat de rire tonitruant devant un film avec Louis de Funès. Ou bien quand on taquine gentiment ma mère. Ces accès de rire le secouent tout entier, ses yeux débordent. Sa présence, c'est aussi cette parlotte, tellement étrange pour quelqu'un d'aussi discret à la maison. À l'extérieur, il n'attend jamais d'être salué. Il fait le premier pas, hochant la tête avec un sourire. Il peut rester des heures au marché du cours Lafayette, occupé à discuter avec les gens, et des après-midi entiers à la Maison des anciens combattants. Il a un sens du contact incroyable. Ma mère s'énerve : « Il raconte encore sa vie ! » Sa vie, il la donne aux autres, réservant sa part d'ombre à nous, ses enfants, privilégiant le silence au côté de sa femme pour qu'elle puisse exister à son tour.

Ma mère porte du maquillage. Du plus loin que je me souvienne, elle a toujours été coquette, même triste, même assise dans l'ombre de l'appartement, quand mon père tardait à rentrer. Sa bouche était rouge, ses cheveux blonds, bien coiffés. Ma mère incarne ce défi calme qu'on appelle le maintien. Elle ne flanche jamais. Au fond, sa vie n'est pas très différente de celle de mon père. Elle doit tenir debout malgré le ressac et la houle, fidèle au cap qu'elle s'est fixé. Nous élever correctement, moi et mes deux frères. Avec une petite paye, sans mari, sans famille.

Sa bague préférée est en or rose. Elle vient de Dakar, un cadeau de mon père. Elle ressemble à une petite couronne. Ma mère dit qu'elle est « filigranée », comme sa broche en forme de papillon. Cela veut dire que quelqu'un a travaillé ces bijoux, patiemment, pour en faire une dentelle d'or. Ma mère porte aussi un camée. Quand la caissière du supermarché la regarde bizarrement, quand le regard des autres est plus lourd qu'une sentence, elle dit : « C'est la faute du camée ». Elle est seule avec trois petits enfants et c'est la faute du camée. Un autre jour, ce sera la faute du quartier, et nous déménagerons encore. C'est toujours la faute de quelque chose. Je hoche la tête, je l'encourage, bien sûr que cette bague ou ce quartier sont responsables de nos problèmes. Je voudrais lui dire qu'elle a raison, mais elle marche trop vite.

Ma mère avance, parle, mange vite. Comme si elle avait peur qu'on lui prenne quelque chose. Il y a une force qui tourne en elle et que personne ne peut arrêter, la force de la dernière chance. Ma mère vit comme si un danger imminent la guettait. Si elle nous perd de vue, elle panique. Une minute de retard, et le sol s'ouvre sous ses pieds. Ma mère ne s'affaisse pas, elle se raidit. Elle fronce les sourcils et balbutie, furieuse : « Ah ! Si... si c'est comme ça, je rentre ! Ça !... Ça, tu ne le referas plus ! » Mais il n'y a pas un gramme de colère en elle. Les mots détalent, talonnés par une mémoire lourde. Moi, j'entends les cloches d'un orphelinat. J'entends les soupirs d'une enfant punie et le chant des religieuses protestantes. J'écoute cette petite fille qui somnole en ma mère et s'ébroue au premier sentiment d'abandon. Et je l'avale, je la porte en moi. Partager la peur de ma mère, c'est l'aimer un peu plus. Parfois je dors avec elle. Nous sommes ensemble dans son lit, soudées par une angoisse venue de loin, de l'enfance, du fond des mers où règne mon père, une angoisse plantée aussi profondément qu'un arbre. Le noir me terrifie, alors je me balance d'avant en arrière pour ne pas dormir.

Aujourd'hui encore, dans un grand magasin, je n'essaie jamais les vêtements dans une cabine. « Attention, les cabines tournent. Une porte secrète s'ouvre et tu peux disparaître », disait-elle. Je prends un taxi avec la main posée sur la poignée de la portière. J'ai peuplé mes nuits. Je les ai remplies de lumières colorées. Comme ma mère, je laisse l'enfance dicter sa loi. J'écoute une petite fille qui refuse de s'endormir. Elle préfère rire et faire danser. Elle préfère se coucher au matin. Je n'ai frôlé aucun gouffre, je n'ai jamais touché à la drogue pour une raison simple : je n'aime pas les abandons. Ils ressemblent à des mères qui tournent sur elles-mêmes dans les allées d'un supermarché. À des enfants qui cavaleront toute leur vie. Au nom de ma mère, je garde un maintien.

Elle ne s'est jamais plainte. Malgré l'éducation stricte, les pleurs et les punitions. Malgré les coups de balai donnés par les sœurs pour avoir joué dans la cour au lieu de la nettoyer. Parfois, son passé se rappelle à elle sous la forme d'une lancinante douleur dans le bas du dos. Ces religieuses protestantes étaient dévouées, malgré leurs méthodes un peu rudes. En sortie dans les calanques de Marseille, elles plongeaient la tête d'une enfant sous l'eau afin de la guérir d'un rhume. On pensait que l'eau de mer était le meilleur traitement. Pendant la guerre, les diaconesses rassemblaient tous les petits dans les sous-sols quand les bombardements pleuvaient. Il y avait aussi la visite annuelle à l'usine de confitures. Et les saynettes jouées pour Noël. À cette occasion, ma mère recevait un colis garni de chocolats, d'un poupon et de vêtements tricotés par sa propre mère, Lina.

Cette dernière voyait peu sa fille. Comment élever correctement son enfant quand on est jeune, sans mari, sans autres ressources qu'une paye de femme de ménage ? Lina plaça sa fille de deux ans en pouponnière, puis ce fut l'orphelinat jusqu'à dix-huit. À entendre ma mère, seize années de confort : « J'ai eu un toit, de la nourriture, l'école. » Et l'éducation solide des diaconesses, qui lui ont appris la vaillance. Cette éducation protestante, fondée sur le maintien, sera un vrai point commun entre mes parents.

Ma mère assume totalement sa vie alors qu'elle n'y comprend rien. On a décidé pour elle. Quand elle sort de l'orphelinat, à dix-huit ans, c'est un nouveau-né. Au fond, elle ne connaît rien. Elle n'a jamais vu que les murs de l'orphelinat, elle ignore même comment fonctionne son corps. Le monde à venir se limite à une chambre de bonne partagée par sa tante Annette et sa mère. Cette dernière connaît à peine sa fille. De nature jalouse, acariâtre, elle représente ce que ma mère aurait pu devenir. Lina fait partie des écartés, des laissés-pour-compte que la malchance a rendus amers. Elle crie : « Mais tu vas arrêter de m'emmerder ! » lorsque ma mère, pour la seule et unique fois de sa vie, demande qui est son père. Dix-huit ans de questions sont soudain écrasés, aplatis sous un hurlement de rage.

Ma mère a toujours eu l'intuition que son père n'était pas très loin. Un jour, lors d'une sortie de l'orphelinat, elle repère un homme sur le trottoir d'en face. Il est immobile et il l'observe. En un éclair surgit la certitude : son père la regarde. Pour elle, c'est évident.

Parfois, la tante insiste auprès de Lina : « Dis-le à la petite, pour son père. » Lina se tait. Elle meurt peu après. De quoi ? Nouveau silence. Comme toujours, la tante ne lâche rien. Les petites gens n'ont pas accès aux médecins. Et l'époque est pleine de tabous. Persuadée d'un suicide, ma mère doit, encore une fois, puiser du courage en elle-même. Elle est employée de maison et sourit à ses patrons. Au bout du compte, cela donne un être au regard dur, à la nuque droite. Amputé et pourtant debout. Quelqu'un qui ne pourra jamais entrer dans une pièce s'il n'y connaît personne. Qui ne peut pas rester seul. Qui plie rapidement bagage. Mais aussi quelqu'un qui ne regrette rien, ne se lamente pas et applique son rouge à lèvres chaque matin. J'ai sous les yeux mon modèle de féminité : un mélange de force invincible et de douleur muette, de raffinement et de peur enfantine.

Bien avant de rencontrer mon père, à sa sortie de l'orphelinat, ma mère a dû chercher du travail. Elle avait dix-huit ans. Elle pouvait devenir femme de ménage, comme sa propre mère. Ou s'occuper d'enfants, ce qu'elle adorait. Elle est donc entrée comme nourrice dans de riches familles. Un couple l'a longtemps employée. Les Valleraigue. Ma mère s'occupait de leur fils, Jean-Charles. Ce petit garçon doux, la grande maison, les voyages à Megève, les dimanches avec les grands-parents… Elle aimait ces ambiances. Aujourd'hui encore, elle dit « les richards », sans méchanceté. J'aime son sourire quand elle parle des Valleraigue. Chez eux, elle se savait respectée.

Pendant ses jours de congé, elle s'adonnait à ses deux passions : la danse et l'opéra. Avec sa copine Huguette, elle se rendait à l'Opéra de Marseille. Les places les moins chères, c'était le poulailler. « Les meilleures places, corrige ma mère. La musique monte. »

Un jour, les deux copines sont allées à la foire de Marseille. Il y avait un stand d'artisanat marocain. Un beau jeune homme le tenait. Ma mère fut électrisée. Le jeune homme aussi. Son stand tournait en France, au gré des foires.

Ils se sont vus et revus. Quand le garçon partait sur les routes, ils « correspondaient », comme dit ma mère. Elle était amoureuse pour la première fois. Elle croyait tenir son conte de fées, son Rhett Butler marseillais. Le dénouement se révéla plus trivial. Elle se rend compte qu'elle est enceinte. Panique. Elle n'a personne sur qui compter, sauf madame Valleraigue. Qui lui dit : « Vous restez chez nous. On fera de notre mieux. » Durant la grossesse, madame Valleraigue ne se permet aucune remarque. Elle connaît l'intégrité de ma mère, elle connaît aussi la force d'un premier amour.

Ma mère n'a plus le choix. Elle doit prévenir le futur père. Malade d'angoisse mais toujours coquette, elle porte une robe jaune pour leur rendez-vous. Celui de la dernière chance. Le jeune homme l'attend dans la brasserie près de la gare Saint-Charles. Il écoute. Puis il fronce les sourcils.

« Cet enfant n'est pas de moi.

– Et de qui veux-tu qu'il soit ? Tu ne peux pas dire ça ! »

Les mots jaillissent, maladroits, impétueux. Il a toujours les sourcils froncés. Il propose l'avortement. Lorsque ma mère se lève, sa tête tourne.

Elle pense à se jeter sous le train. Mais dans la seconde qui suit elle pense à son bébé. Ma mère fait face.

Elle ne reverra jamais son premier amour.

Quelques semaines avant le terme, elle décide de retourner chez sa tante Annette. Il est hors de question de devenir un poids pour la famille Valleraigue. Quand l'enfant naît, ma mère l'appelle Jean-Charles, en hommage à cette famille. Elle installe le berceau dans la chambre de bonne de sa tante et cherche à nouveau du travail. Elle ne veut plus jamais revenir à Marseille.

Elle ne reverra pas les Valleraigue. Ni Huguette, pourtant la marraine de son bébé. Le chemin de ma mère est jalonné d'absents. Ils ont disparu, comme aspirés derrière elle.

Jean-Charles avait un an quand ma mère a envoyé l'annonce et que mon père a répondu.

L'enfant a immédiatement accepté ce nouveau papa et son beau costume de marin. Sa présence était une évidence. Mon frère a grandi tranquillement. Il lisait *Tout l'univers*, possédait un microscope et ne pensait qu'aux animaux. C'était un amour de gamin, calme et plutôt secret. Tout le contraire de Chris ! Il n'a jamais posé une seule question sur son père naturel. Ma mère a fait comme Lina avec elle : le père, c'est tabou. Un jour pourtant, je lui ai demandé de casser cette chaîne de silence. Il fallait qu'elle parle à Jean-Charles. Alors elle s'est lancée, avant de sortir la seule photo qu'elle avait gardée. Fine moustache noire, cheveux plaqués sur le crâne, costume croisé : un beau garçon des années cinquante. Mais Jean-Charles n'a rien dit. Trente ans plus tard, je suis revenue à la charge : « Tu voudrais qu'on le retrouve, ton père ?

– Mais je sais où il est.

– Comment ?...

– J'ai fait mes petites recherches. Il habite à Paris.

– Ah bon. Et que vas-tu faire ?

– Rien. Ton père, c'est le mien. C'est le nôtre. »

Je lis ma différence dans le regard des autres enfants. Je la vis dans la cour de récréation. Certains élèves touchent mes cheveux. Ils les commentent : « Tu as de la laine sur la tête », invariablement assorti d'un : « Mais tu es tombée dans du Nesquik ! » Un jour, alors que j'ai six ans, ces remarques sont si blessantes que je fonds en larmes. Mon frère Chris n'est pas très loin. Du coin de l'œil, il veille toujours sur moi. Il a beau être turbulent, je sais que personne ne me protège mieux que lui. Ce jour-là, il fonce sur les enfants. Il en attrape un, le plaque à terre, submergé par la colère. Ma mère est convoquée illico. Dans le bureau du directeur, le ton est accusateur. Ulcérée, ma mère défend Chris. Moi, je ressemble déjà à mon père. Je ne suis ni aveugle ni sourde. L'intolérance, je la vois, je la vivrai parfois, mais elle ne m'empêchera pas d'avancer. Je n'ai jamais eu honte de la couleur de ma peau. Je n'ai jamais souhaité, ne serait-ce qu'une seconde, être blanche. En revanche, j'aurais donné n'importe quoi pour changer de cheveux.

C'est une obsession. Avant d'acheter une poupée, je touche ses cheveux. La plupart des petites filles choisissent selon les vêtements, les accessoires ou la finesse du visage. Moi, je palpe leurs têtes. Plus les cheveux sont lisses, raides et longs, plus je les aime. Ils glissent entre mes doigts comme une eau dorée. Les poupées Bella restent mes préférées. Je passe des après-midi entiers à les coiffer. Je noue, j'entortille et je natte. Je pense aux couettes de mes camarades d'école. Je pense aussi aux claudettes qui tournent autour de Claude François. Leurs cheveux ondulent et dansent avec leurs pas.

Les miens ne bougent pas. Ils s'amoncellent en une pelote de laine sombre. Lorsque je suis invitée à un anniversaire ou à un goûter, et qu'un gamin marche vers moi, mon corps se glace. Je préférerais m'enterrer vivante plutôt que d'entendre une réflexion sur mes cheveux ou sur ma peau. La peur d'un enfant qui m'approche restera longtemps gravée en moi. Je n'en parle jamais à ma mère. Je l'épargne, comme d'habitude.

Devant mes cheveux, elle se retrouve complètement démunie. Dépourvue de culture africaine, elle ne connaît pas les cheveux crépus. Elle ignore que, pour les petites filles, il existe un procédé spécifique de tresses qui évite les nœuds. Il y a là une transmission impossible, un lien mère-fille jamais tendu. Autour de nous, il n'y a pas d'Africains. Voilà à quoi servent les pères parfois : à lier culturellement une mère et sa fille. Dans son ignorance, ma mère me coiffe avec une brosse. Avec une méthode de femme blanche – mais que peut-elle faire d'autre ? Pour moi, cette opération relève du supplice. Mes cheveux sont tirés en arrière et noués en une minuscule queue de cheval. La salle de bains résonne de cris. Je hurle tellement qu'un soir, ma mère pleure d'impuissance. Finalement, elle se décide à en parler au coiffeur du quartier. Elle y va une fois par trimestre. Le reste du temps, elle fait ses teintures elle-même. Je l'ai toujours vue avec des rouleaux sur la tête. Elle insiste : « Ma fille voudrait défriser ses cheveux, c'est très important. Elle a sept ans. Si, si, c'est raisonnable, vous n'imaginez pas comme elle souffre. Je ne sais plus quoi faire, c'est un vrai calvaire. »

Je me retrouve, la tête en arrière, dans un bac, enduite d'un produit italien. Quelques heures plus tard, je suis la reine du monde. Les prodiges existent, ils sont l'affaire des coiffeurs.

Lisses. Longs. Un pas à gauche ? Mes cheveux suivent. Un saut ? Ils sautent avec moi ! Je mets Claude François à fond dans le salon et je danse pour ma mère. Elle sourit. Je danse pour la vie, pour la joie, pour cette texture épaisse et fondante que sont mes cheveux !

Trois mois plus tard, ils sont tous tombés. Je les ai vus partir par poignées entières, piqués sur la brosse ou sur mon oreiller. Ma mère est paniquée. Bizarrement, je ne m'affole pas. Mon crâne est presque lisse. Je le recouvre d'un foulard. Je préfère ça à mes cheveux. En plus, c'est la mode... en ce début des années soixante-dix, toutes les filles portent un foulard sur la tête.

Un jour, ma mère me propose une perruque. Je suis ravie. Enfin, je vais retrouver de beaux cheveux brillants ! Nous partons ensemble aux Dames de France, boulevard de Strasbourg à Toulon. Je choisis un carré brun avec une frange sur le côté. Ma mère a un geste extraordinaire. Elle achète la même perruque, en blond. Elle veut juste m'accompagner, ne pas me laisser seule avec des cheveux artificiels.

Un an s'écoule. Personne n'a rien remarqué. Je suis une petite fille joyeuse avec une perruque. Une petite fille comblée lorsqu'elle grimpe dans la voiture familiale pour se rendre à l'Estagnole, une plage près de Toulon. Mon père conduit. À l'arrière, je veille sur la glacière pleine du pique-nique. Nous sommes une famille et nous allons à la plage : c'est un instant hors du monde, un dimanche sur la terre.

Il faut une seconde pour qu'un monde s'écroule. Cette seconde s'abat comme la main de mon frère Christian sur ma tête, lors de nos chamailleries dans l'eau. Comme d'habitude, il essaie de me faire couler. Quand je ressors, ma tête est nue. Ma perruque flotte lamentablement, comme une algue molle et sombre. Tout mon bonheur est là, ridicule, détaché de moi. Je voudrais mourir sous l'eau, à l'abri des regards. La main de ma mère vient me secourir. Elle agrippe mon poignet et me soulève hors des flots. Je pleure tellement que je ne vois rien.

Je sens juste une serviette que l'on m'enroule autour du corps et sur la tête. Je me blottis entre les bras de ma mère.

Mes frères et moi y pensons pendant des semaines. Des semaines sans dormir, galvanisés par l'excitation. Des vacances !... Des vacances, cela veut dire un déménagement d'où l'on revient, un faux départ, un jeu. On s'absente sans déserter.

Depuis tout petits, nous enchaînons les déménagements. Un réflexe de ma mère : dès que quelque chose ne va pas, elle plie bagage. Des insultes racistes, des remarques déplaisantes adressées à ses enfants, un regard de travers... Les petites brimades s'amoncellent jusqu'au moment où ma mère craque. Un jour, un jeune voisin a poussé Chris dans l'escalier. Contrairement à mon père, ma mère y vit un acte raciste. Quelques semaines plus tard, nous étions partis. Nous avons quitté le quartier de Tempico, à Toulon, pour celui de la Coupiane, ensuite le Val-Fleuri, suivi de la corniche Marius-Escartefigue et enfin, Saint-Hippolyte-du-Fort, dans le Gard... Alors, les vacances, c'est une fuite permise, une échappée sans amertume, dictée par le seul plaisir.

À l'image de toutes les mères, la mienne se souciait des vacances : que faire de trois enfants pendant que l'école est fermée ? Surtout sans famille et avec peu d'argent. Lorsque mon père a été muté à l'île du Levant pour s'occuper du mess de la base militaire, le problème fut réglé. Deux fois par an, à Pâques et l'été, la marine nous offrait de le retrouver sur l'île. Ce gros rocher bordé de feuilles vertes était nimbé d'un parfum de jasmin. Il me semblait être le plus grand paradis du monde. Nous prenions le chaland à Port-Pothuau, près d'Hyères. La voiture, une 404 bleu ciel, embarquait avec nous. Après une heure de traversée, nous entendions se rapprocher la musique des cigales. J'étais malade sur ce bateau. Je vomissais mes comprimés de Dramamine, et pourtant le bruit régulier des cigales allié au chant des oiseaux résonnait comme une promesse de guérison, et pas seulement du mal de cœur. Guérison d'une injustice, aussi, parce que cette île offrait, pour un mois, une enfance à des enfants.

Un pied posé à terre et tout disparaissait. La fatigue des dernières nuits, la nausée... Envolées! Des Estafette de la marine venaient chercher les familles. Mon île résorbait tout. Derrière moi il y avait la mer, rempart liquide qui s'interposait entre le quai minuscule, la vie quotidienne, et moi, renaissante sous le soleil.

Un pan entier de l'île était réservé à la marine. De l'autre côté, c'était le coin des naturistes. Durant le séjour, une visite de l'île était organisée pour les familles. On s'entassait dans l'Estafette. On pliait le cou pour apercevoir les vacanciers tout nus. Mais personne ne songeait à quitter son versant. Nous logions, comme les autres, dans une petite résidence. Il régnait une ambiance bon enfant, chaque famille sympathisant avec une autre. Moi, j'aimais bien les Villemard, trois filles et un garçon. Nous descendions à la plage avec eux. Il fallait marcher les pieds en canard pour ne pas dégringoler. La pente était rude. Devant nous s'étendait une immensité transparente dans laquelle je me jetais.

Je savais que nous verrions peu mon père. Toujours ce fichu métier... Durant l'année, il ne rentrait que les week-ends. Pour moi, la restauration était une activité chronophage, exclusive, une dévoreuse de père. Il fallait s'adapter à elle. Suivre ses horaires et ses consignes – ce que, des années plus tard, j'aurais l'occasion de découvrir... J'étais au moins consciente d'une chose : mon père n'était pas loin de nous. Il se levait tôt et rentrait à la nuit tombée.

Ma mère s'en accommodait. Elle était plus heureuse que d'habitude. Elle aimait cette vie sociale, les dîners en forme de buffet où chacun se sert. Nous partagions la table avec d'autres gens. Durant l'année, ça n'arrivait presque jamais. Ces dîners étaient émaillés de petits spectacles, un grand loto, un bal... Mes frères adoraient les courses en sac. Moi, je préférais jouer la claudette. Ma jupe ondulait. Je convoquais ma famille et leurs amis. Après ma danse, crépitaient les applaudissements. J'étais repue, vidée, fière.

Ma mère aussi avait son heure de gloire. Certains soirs, mes frères et moi essayions de ne pas dormir pour l'observer. Elle se préparait en chantonnant. Maquillage, jolie toilette, chaussures à talons... Elle allait rejoindre mon père. Ils danseraient après son service. Ma mère mentait maladroitement.

« Personne ne va sortir, je vous assure. Dormez, maintenant.

– Pourquoi tu te fais belle, alors ? demandait l'un des trois.

– Pour rien, pour vous, pour les vacances », bredouillait-elle.

Et je lui accordais bien volontiers cette liberté, contente de la voir épanouie. De toute façon, ces vacances, ce sont des surprises de chaque instant. Tout est nouveau. C'est ainsi que je vois, pour la première fois, mon père en maillot de bain. Il nous a rejoints à la plage. Comment a-t-il échappé à son travail ? Je n'en sais rien. Je découvre, éberluée, un peu gênée, son buste dessiné par des années de sport. Il est souple, costaud. Et ce beau garçon est mon père ! Il plonge. Mes frères et moi nageons vers lui. Chris et moi agrippons son cou. Nous piaillons de joie. Je me laisse entraîner pour ces quelques minutes volées, hors du temps. Mon père avance vite, comme s'il glissait sur l'eau. Je ferme les yeux. Les algues s'enroulent autour de mes chevilles. Les autres enfants nous regardent depuis la plage. J'ai un père qui me porte ! Je suis comme vous !

Une rengaine berce les vacances. « Où est Chris ? » Ma mère le cherche sans arrêt. « Personne n'a vu Chris ? » Elle a toujours peur qu'il ne fasse une bêtise. Elle redoute surtout ses plongeons du haut des rochers. Mon frère, aussi sauvage que l'île, ne peut pas rester en place. Il ressemble trop au paysage, aux plantes qui ont poussé malgré tout, sur la rocaille. Ici c'est son domaine. J'aurais beau retourner l'île pour mettre la main sur lui, il disparaîtrait à nouveau. Lorsqu'il revient, je vois ses petites jambes maigres et son sourire coquin. Ma mère l'adore. Elle râle, mais elle ne lui en voudra jamais. Un incident la rangera définitivement du côté de ce fils intrépide.

Cet incident a lieu l'année d'après. Lors d'un séjour sur l'île du Levant, mes parents ont proposé à une famille de l'est de la France, dont le fils est dans la marine avec mon père, d'occuper notre appartement à Toulon. En retour, ils nous inviteront dans leur maison de Mulhouse.

Cet échange était une bonne idée. Non seulement il permettait à mon père de dormir tranquille, heureux de nous savoir « casés » pour un mois de vacances, mais en plus nous pourrions découvrir l'Alsace. Pour la première fois, je prends le train... Et je quitte Toulon. Ma mère prépare ce voyage depuis des mois. Le trajet s'approche de l'épopée. Nous avons une correspondance à Lyon, qui compte deux gares. Évidemment, il faut changer de gare pour changer de train... Je nous revois courir, haletant sous la chaleur, traînés par ma mère au bord de la crise de nerfs.

Enfin, nous voici débarquant devant une jolie maison alsacienne. Hébétés de fatigue, nous posons les valises ainsi que la cage du hamster qui a miraculeusement survécu à la fournaise du train. Nous, enfants de la ville, n'avons jamais imaginé un tel espace, ni un tel calme. Ce silence m'impressionne. Dans cette zone résidentielle, je n'entends pas de voitures. Moi qui suis habituée au vrombissement continu... Je remarque aussi que les gens parlent lentement. Ceux du Sud, à commencer par ma mère, ne sont pas des modèles de discrétion... Je découvre, ébahie, le jardin. Ce luxe d'un bout de nature au pied de sa maison ! Nous ramassons des framboises énormes dont nous faisons des confitures. Quand elles cuisent, elles dégagent un parfum si tenace que j'en oublie la faim. Je respire cette odeur divine, encore étonnée que les fruits proviennent du jardin, et non du supermarché.

Les vacances se déroulent bien. Les filles de la famille, âgées d'une vingtaine d'années, me trimballent dans les boutiques. Une autre fois, nous découvrons le Struthof, le seul camp de concentration nazi en France. Je me souviens de m'être recueillie devant un grand cimetière de croix blanches. J'ai pensé à la parentèle de ma mère, alsacienne elle aussi. Je savais que la guerre avait épargné Lina et la tante Annette. Qu'était-il arrivé aux autres ? Reposaient-ils devant moi ?

Je me souviens aussi d'une fête foraine durant laquelle ma mère a gagné des peluches. Elle les accumulait ! Elle était enfin chanceuse... Cette quiétude dure deux semaines. Et puis un incident éclate. Chris fait du vélo. Ma mère l'appelle pour prendre le bain. Une fois, deux fois. Bien entendu, Chris n'en fait qu'à sa tête. C'est alors que l'homme qui nous reçoit bondit hors de la maison et, de toutes ses forces, gifle mon frère. Personne ne comprend rien. Devant ce geste inattendu, déplacé, d'une extrême violence, je reste bouche bée. Ma mère est plus rapide. Elle se plante devant l'irascible Alsacien. Elle est folle de rage. On ne touche pas à ses enfants, aussi indociles soient-ils. Rarement je l'ai vue autant en colère. Son front brille de sueur. Ses cris couvrent les pleurs de Chris !

À partir de ce jour, elle n'adresse plus la parole à la famille. L'ambiance est si tendue que notre hôtesse nous propose de partir plus tôt. De telles vacances sont invivables. Mais ma mère refuse tout net. Motif : les billets ne sont pas remboursables. Je l'entends penser. Ces billets coûtent cher, nous n'avons pas les mêmes moyens que vous, et vous vous permettez de gifler mon fils, un comble. Nous resterons jusqu'à la fin, histoire de profiter nous aussi du jardin et de vous obliger à honorer vos invités. Non mais. Derrière son obstination, sa revendication de classe, je comprends qu'il y a quelque chose d'autre : l'orgueil blessé d'une mère.

Le dernier jour, la tension accumulée les semaines précédentes s'évacue d'un coup. Nous courons sur le quai, maman, mes frères et moi, pour tenter d'attraper le train. Les valises sont lourdes, la chaleur, accablante. Enfin installés, nous reprenons notre souffle. C'est alors que le hamster s'échappe ! Jean-Charles crie, tous les passagers se mettent à quatre pattes pour attraper l'animal. Dans une voiture bondée au retour des vacances, au milieu des munsters qui coulent, des gros bretzels, des morceaux de gendarmes et du kouglof, c'est mission impossible. Nous partons dans un fou rire, trop heureux de nous retrouver ensemble. Pendant ce temps le hamster circule entre les jambes, talonné par Jean-Charles. Je pleure de rire. La bestiole est finalement localisée, puis ramenée à bon port.

La marine a fini par nous rendre mon père. Il est à la retraite. Mais le troc est truqué. J'échange un père absent contre un père demandeur d'emploi. À quarante-cinq ans, il enchaîne les petits boulots. La crise des années soixante-dix complique la donne. Les emplois se font rares. Et mon père ne figure pas parmi les prioritaires. Il n'est plus jeune et dispose, en plus, de sa retraite. Il est le dernier que les patrons ont envie d'embaucher. Nous avons au moins une chance. Un nouveau déménagement nous a conduits sur la corniche Marius-Escartefigue, à Toulon. L'appartement est grand. Il cumule cinq pièces. La vue donne sur la rade.

Au même moment, mon père décroche un poste dans un hôtel cinq étoiles à Hyères. Il part très tôt en voiture pour revenir vers deux heures et demie du matin. Peu importe, papa dort à la maison. Je répète ces mots à mi-voix. La simplicité a parfois des allures de formule magique. Certaines phrases valent toutes les certitudes : *Papa dort à la maison. Maman sourit.*

Ou : *Nous ne manquons de rien.* Ou encore : *Je suis normale.*

Souvent, mon père nous rapporte des desserts qui n'ont pas été consommés. Plutôt que de finir à la poubelle, ils atterrissent dans nos estomacs. Ce sont des parts de fraisier, des oranges et des ananas givrés. Mes frères et moi ouvrons le frigo l'œil gourmand. Il déborde… Mon père adore son métier. Il le connaît parfaitement. Avant, il servait des amiraux, maintenant ce sont des gens fortunés, des célébrités. Il dit souvent : « J'ai vu Mireille, du Petit Conservatoire. Quelle femme charmante ! » La femme d'Emmanuel Berl est une icône. Chaque foyer français connaît son émission et sa petite voix flûtée. Et mon père discute tranquillement avec elle ! J'en suis très fière. En plus, j'ai l'impression de partager un peu avec lui ma passion pour les variétés. J'aurais pu ressentir un certain malaise, nourrir une certaine rancœur. Après tout, c'est l'histoire d'un Africain qui, pour entretenir sa famille, doit servir des Blancs aux poches pleines. Mais non. Son métier, je le sens, s'apparente à ce que la vie compte de raffiné, d'élégant, d'absolu respect des convenances. Au fond, il n'y a rien de plus noble que de servir à manger. Si ce service est assorti d'un costume impeccable, d'un code de savoir-vivre et du plaisir des clients, j'obtiens une belle définition de la tenue.

Une tenue de rigueur, par temps clair comme par risque d'orage. Pas question de céder à l'affolement, même lorsque les événements s'assombrissent. Quand mon père est licencié, au bout d'un an, il cherche à nouveau un travail. Il cherche sans se départir de son calme, malgré la mine soucieuse de ma mère et les bêtises de Chris. Personne ne sait comment calmer mon frère. Il pique des colères terribles. Je crois qu'il fait payer à chacun les absences de notre père.

Justement, ce dernier finit par trouver une place à la clinique Beausoleil, située à Carqueiranne, près de Toulon. Même clientèle fortunée qu'à l'hôtel de luxe, mais beaucoup plus abîmée. Mon père, responsable de l'économat, prend son rôle au sérieux – comme toujours. Avec une dévotion quasi maternelle, il gère les ventres de ceux qui n'ont jamais faim. Il devient également le chauffeur de la propriétaire de la clinique, madame Balandrot. Elle lui fait une confiance aveugle.

Un jour, j'entends des éclats de voix sur le palier de notre appartement. Je reconnais la voix de ma mère, exaspérée, et celles des voisins. Ces gens-là ont un œil derrière la tête et la langue venimeuse. Ils observent, scrutent, dissèquent, puis commentent à voix haute. Plus d'une fois ils se sont permis des réflexions déplacées sur mon père, ses enfants métis, notre situation, notre différence… Ce sont de « braves gens », comme on dit. Pour ma mère, ces commérages sonnent le signal du départ. De toute façon, nous avons l'habitude. Elle ne prend pas de recul. Elle agit par coups de tête. J'aurai grandi avec une mère rêvant de stabilité, les bras toujours chargés de valises.

Il est l'heure de les reboucler. Personne ne sait encore que la décision de ma mère est une énorme bêtise. Chacun ignore que ce déménagement sera celui de trop, et qu'à vouloir sans cesse réinvestir un lieu on finit par déserter sa vie. Jean-Charles, adolescent, doit quitter ses amis, son lycée, son équipe de hand ball. Il vit cet énième départ comme un déchirement. Chris et moi, plus petits, avons la souplesse des gamins insouciants.

Nous retournons à Saint-Hyppolite-du-Fort. Ma mère table sur la vie près des montagnes, sur un « avant » improbable qui lui tient lieu de mémoire. Elle pense au village d'adoption de mon père comme à un eldorado familial. Elle s'invente des liens. Il paraît qu'on pourra renouer avec les Lasalle, « fêter Noël avec eux », propose-t-elle. « Ou même déjeuner le dimanche, enfin, certains dimanches », poursuit-elle, voulant croire que tout sera mieux ailleurs. Je voudrais la serrer dans mes bras, lui promettre qu'un jour elle aura un endroit où enfin se poser. Je voudrais lui dire que chercher sa place n'est pas un crime et que, devenue adulte, je lui en trouverai une, même toute petite. Mais comme toujours je ne dis rien. J'approuve avec un pauvre sourire et, dans ma tête, je la réconforte avec l'amour confiant de mes neuf ans : mais oui, nous aurons un jour droit à l'indifférence.

Notre nouvelle maison est située sur la place du village, au 5, place de la Canourgue, elle appartenait aux Lasalle. Et maintenant, elle est à mes parents ! Pour la première fois, ils achètent leur logement. Ils en rêvaient… L'époque est aux sociétés de crédit, qui pullulent. La France devient un pays de petits propriétaires. Ma mère peut enfin braver l'angoisse de l'avenir, elle qui a toujours souhaité laisser « quelque chose » à ses enfants. Elle qui a toujours voulu être l'égale de ses voisins…

Mais la nouveauté a ses revers. La clinique Beausoleil se trouve maintenant à trois cents kilomètres. Mon père ne peut rentrer qu'une fois par mois pour un long week-end. Et puis cette maison est une ruine. Les deux niveaux exigent des travaux. Chaque centimètre de cette consécration sociale vaut, je le sais, un emprunt énorme auprès de la banque. Chaque pas évide un peu plus le regard de ma mère.

J'avance dans la poussière qui s'élève du sol comme un souffle sépia, parmi les murs craquelés et la peinture qui s'écaille. J'entends la porte d'entrée qui grince à chaque coup d'épaule de mes parents, les bras remplis de cartons. Je sais que, à cette heure de l'après-midi, sur la place déserte, on regarde cette famille bizarre qui s'installe. Sur le mur de ma chambre, le papier peint est arraché, révélant un autre motif en dessous. Combien de gens ont habité ici avant nous ? J'aime cette idée d'avoir été précédée. Cela donne un peu de vie à ma chambre. Je me lève et je regarde par la fenêtre. Mes yeux tombent sur un magasin d'électroménager, juste en bas. La vitrine expose des 45-tours de Claude François... Soudain, j'oublie les couches de papier peint superposées. Personne ne pouvait mieux que moi occuper cette chambre. Elle m'offre une vue plongeante sur les nouveautés du hit-parade, que je suivrai, semaine après semaine, grâce à la vitrine. Je plisse les yeux : il y a une pochette que je ne connais pas. Mon cœur tambourine : comment aurais-je connu ce titre si je n'avais pas eu cette chambre ?

Depuis que ma mère m'a offert un magnétophone, j'écoute sans cesse Claude François. Aux premières notes d'*Alexandrie, Alexandra*, mon corps adopte le déhanché de ce petit homme blond aux costumes pailletés. Je guette ses passages à la télévision. Et je reste en arrêt devant la claudette noire, au premier plan, avec des cheveux qui bougent !

Dans ma chambre, j'ai épinglé des posters. Claude François, Mike Brant, Dave, Sheila… Grâce à eux, j'oublie l'engrenage infernal qui nous tient lieu de quotidien. Mon père est un courant d'air. Pas moyen de faire autrement. Il faut rembourser la maison. Une maison qui regorge de silence et d'angoisse. Silence, car Jean-Charles est parti en pension à Alès pour apprendre la mécanique. Il construit sa vie loin de nous, accaparé par sa nouvelle passion. Chris collectionne les bêtises. Il pique de l'argent dans le porte-monnaie de ma mère. Durant les kermesses, il finit les verres. Le punir ? Il saute par la fenêtre du premier étage pour disparaître. Il vole la collection de timbres de Jean-Charles pour l'échanger contre des tickets d'autos-tamponneuses. Une collection minutieusement amassée grâce aux enveloppes envoyées du bout du monde par mon père.

Ma mère se terre doucement. Quand je rentre de l'école, elle est assise derrière les volets clos. Elle tricote. Je l'ai toujours vue tricoter. Des pulls, des écharpes, des couvertures... J'adore les catalogues Phildar ou Bergère de France, toujours accompagnés d'échantillons de laine que je peux toucher. Je commande des robes à ma mère.

Dès qu'elle me voit, son visage s'illumine. J'apporte la rue, le ciel. Avec moi entre le monde dont elle se sent exclue. Elle me presse de questions : « Comment s'est passée l'école ? Il fait froid ? Il paraît qu'il y a eu un grave accident sur la route de Quissac ?... » Chris grogne et sort jouer au foot ou au flipper dans le café à côté. Moi je réponds scrupuleusement. La robe de la maîtresse, l'invitation à goûter de ma copine Marie-Josée, la coiffure de la boulangère... Le fond de l'air. Ma vie d'écolière en apparence normale. Je ne me force pas beaucoup. J'ai vraiment une vie de gamine de village. Je suis même invitée chez la fille du docteur. Toutes mes copines rêvent d'un après-midi dans cette belle maison avec piscine. Le docteur et sa femme me complimentent sur ma politesse. Quand je sors de chez eux, j'accélère le pas. J'ai hâte de retrouver ma mère. Je me sens pleine de reconnaissance pour elle, capable, malgré les difficultés, d'inculquer un savoir-vivre à ses enfants. Cette politesse me servira toute la vie.

Un jour, mon père rentre, et nous nous offrons, comme d'habitude quand il est là, un superbe week-end. Nous partons vers Anduze, pour pêcher. Ou ramasser des champignons au mont Aigoual, cette merveilleuse montagne cévenole. Un temps heureux que clôt la soirée du dimanche, chargée de tristesse. Mon père vérifie le plein d'essence de la voiture. Il doit repartir le lendemain à cinq heures du matin pour être à la clinique à neuf.

Dans la nuit, je suis réveillée par la porte qui claque, et les cris de ma mère. Devant la maison, il n'y a rien. On a volé la voiture. Un délit rarissime ici : personne ne s'est jamais fait voler sa voiture dans ce bourg de quatre mille habitants. Le jour où cela arrive, c'est pour nous. J'entends les mauvaises pensées de ma mère, je les entends prendre forme : si ce n'est pas un acte raciste, alors qu'est-ce que c'est ? Pourquoi la malchance, au nom de quoi cette injustice supplémentaire ? Je regarde le visage fermé de mon père et je comprends quelle importance peut prendre une 404 bleu ciel. Un carrosse, une Rolls, le luxe absolu. L'indépendance, un certain confort, un aller-retour pour sa famille le temps d'un week-end. La sentence tombe. Plus de 404 bleu ciel, cela signifie plus de papa. Il ne pourra plus rentrer de Carqueiranne. Au moins le temps d'en racheter une autre. Racheter ? Mais comment, avec l'énorme emprunt de la maison ?

Mon père doit absolument se rendre à la clinique. Il prend le train, arrive après neuf heures… et récolte un avertissement. Il a beau expliquer, se justifier, raconter la 404 volée, rien n'y fait. Cette humiliation remet en cause son intégrité professionnelle – ce qu'il a de plus précieux.

Ma mère garde un enfant à notre domicile. Jean-Charles et moi prenons des petits boulots pour aider nos parents : cueillette de châtaignes, de cerises, vendanges… La menace des huissiers plane. Les lettres de mise en demeure deviennent récurrentes. Nous nous résignons à faire les courses à crédit. Pour ma mère, c'est une honte. Je ne peux pas me noyer avec elle. Alors je chantonne en franchissant le seuil de l'épicerie. Je souris beaucoup, histoire d'attendrir le commerçant. Je joue à la mère de famille. Je pioche dans les rayons, j'échafaude des menus. Au passage, je me prends quelques bonbons. Puis je reviens toujours souriante auprès d'une mère éreintée, calfeutrée dans la semi-obscurité de sa maison. Elle ne parvient plus à élever seule trois enfants. Et mon père est absent. Cette fois, plus de bateau à l'autre bout du monde, plus de coquillages ou de timbres exotiques. Juste une clinique pour toxicos et une voiture volée.

Lorsque Noël arrive, la misère nous rattrape. Le soir, nous trouvons un bol de café au lait sur la table. Ce sera le dîner. Bien sûr, sous le sapin, c'est vide. Chris marmonne, Jean-Charles s'esquive. Ma mère, hagarde, allume la télévision. Je m'installe sur le canapé à côté d'elle. Un 24 décembre au soir, la télé diffuse une pièce de boulevard. Une pièce où les exclamations fusent, où la vie déborde et vient remplir les salons sans bruit. Un théâtre fait pour ma mère et moi. Chaque geste de Jacqueline Maillan nous regonfle le cœur. Toute ronde, toute blonde, elle arpente la scène en fronçant les sourcils, fait volte-face et enchaîne les gimmicks. Du coin de l'œil, j'observe ma mère. Elle rit enfin, comme si elle avait honte, la main devant la bouche. Elle a toujours peur que trop rire ne lui porte malheur. Pour elle, le rire est un luxe, que Jacqueline Maillan lui offre – reconnaissance éternelle à la télévision ! Elle nous gâte. La pièce terminée, passe une revue du Lido. Devant ce défilé de corps parfaits couverts de paillettes, cette danse impeccable, nous restons bouche bée. Après le rire, la beauté s'invite chez nous. Je détaille, stupéfaite, les coiffures, les maquillages, les tenues de scène de ces filles qui, elles, ne connaissent pas ma 404 bleu ciel ni mon café au lait pour mon réveillon de Noël. Ce tourbillon de plumes et de spectacle nous ravit. Je souris à ma mère qui me renvoie un visage extatique. Plus tard, je me glisse dans son lit, la tête pleine de Lido. Nous avons passé une excellente soirée.

Mon adolescence s'écoule sans bruit. Je dois m'habituer à mes cheveux crépus, à la couleur de ma peau. Je sens bien que ma différence réfrigère un peu les garçons. Ils n'assument pas d'avoir une petite amie métisse. Mes copines, elles, se font des brushings. Absolue féminité, qui va de pair avec leurs ongles longs, leur taille souple qui se plie pour monter dans les voitures garées devant le lycée. Ça pétarade, ça flambe, ça vit loin de moi. Mais je ne m'en fais pas. J'écoute en boucle Elvis Presley, Eddie Cochran, Gene Vincent, Little Richard... Je ne rate aucun épisode de la série « Happy Days »... Chris et moi appartenons à une bande de rockers. On se retrouve chaque week-end dans un bar du quartier de la Loubière. Au menu : flipper et concours de rock acrobatique au sous-sol... Ma mère laisse faire. Tant que Chris et moi sommes ensemble, elle est rassurée. Il commence à faire chavirer les filles. Grand, athlétique, il ressemble à Yannick Noah. Avec lui je peux assister au concert de Jerry Lee

Lewis aux arènes de Fréjus ou écumer les marchés aux puces. Mon frère adore les blousons Teddy et les Creppers. Un peu plus tard, vers l'âge de seize ans, j'adopte sa tenue : jean, baskets, blouson de moto en cuir. Je suis le garçon manqué, la bonne copine qui roule en cyclo Ciao. Je ne montre jamais qu'un garçon me plaît. Je ne tente rien, respectueuse de cette invisible frontière entre les amoureux potentiels et moi. Grâce à l'argent gagné durant mes vacances, je m'achète une Yamaha DTMX 125, une moto nerveuse. Je l'enfourche chaque matin pour me rendre au lycée. Quant aux caves de la Loubière, je leur préfère le circuit Paul-Ricard du Castellet, au-dessus de Toulon.

Un an plus tard retentissent les premières notes du disco. Ma fièvre du samedi soir à moi se déroule un dimanche après-midi. Chris m'annonce : « Je t'emmène en boîte. » Il connaît le Nashville, le Blue-Bell, les discothèques d'Hyères. Il aime cet univers. Toute la journée, il peut s'enfermer dans sa chambre pour mixer sur une platine prêtée par un copain.

Ce dimanche-là, je le suis. J'entre. Et je découvre un monde. La lumière tamisée efface les différences. Métis ou blanc, pauvre ou riche, la discothèque s'en fiche. Elle emmêle les écarts et les enveloppe d'un même éclat opaque. La lumière d'une boîte de nuit restera ma première expérience d'égalité ethnique et sociale. Subitement, je suis comme les autres. J'avance, éberluée, vers la piste de danse. Elle est vaste. Elle ressemble à une chance donnée, celle de m'exprimer enfin. Donna Summer, Michael Jackson, *Kool and the Gang* et *Flashdance* déroulent leurs notes. Ces voix sont noires, comme moi, et sont bien la preuve qu'on peut en être fier. Alors je m'élance. J'ai enfin un ascendant sur les autres : je danse très, très bien. Je m'entraîne depuis toute petite sur Claude François, et puis j'adore ça ! Je me trémousse, me déhanche, je crois même que je ris aux éclats. Sous mes pas disparaissent les coups de brosse, les perruques flottantes, le regard triste de ma mère. Tout ça est absorbé par la musique. Les gens me regardent. Des garçons me sourient. Je n'en reviens pas ! Je ne sais pas encore que j'axerai ma vie professionnelle sur ce sentiment. Mon métier consistera à fabriquer des ambiances, où seul comptera cet impératif : « Amusez-vous ! Existez ! » Derrière chaque soirée que j'organiserai, de la plus intime à la plus spectaculaire, il y aura l'écho de ce dimanche après-midi de mon adolescence.

Je dois beaucoup à la nuit. La nuit est une chance offerte aux malchanceux. À la base, je ne partais pas d'un très bon pied. Je ne venais pas d'un milieu aisé, je n'avais aucun diplôme. J'aimais bien l'école, mais à partir de la quatrième, je me suis heurtée à un ennemi : les mathématiques. Ma bête noire. Les problèmes à résoudre ne rentraient pas. Ils dansaient sous mes yeux comme un langage indéchiffrable. La logique m'échappait complètement. Je n'avais aucun soutien scolaire, personne pour me faire travailler. Résultat, j'ai plongé.

Cependant, depuis l'enfance, une idée me servait de colonne vertébrale. Une idée propre aux enfants d'en bas, ceux des petites classes qui, inconsciemment, excluent trop facilement l'idée d'un cursus prestigieux. Il fallait que je gagne ma vie. Rapidement. Les études étaient impossibles.

Ma mère n'a rien voulu entendre et m'a inscrite au cours Marie-France, une école privée de bonnes sœurs. Objectif : en sortir avec un diplôme de « correspondancière », autrement dit une formation de sténo-dactylo. Je savais que, pour mes parents, cela représentait un gros sacrifice. Jean-Charles était apprenti mécano. Chris n'allait plus au lycée. Chaque matin, il faisait semblant de partir avant de bazarder son sac et de traîner avec sa bande. Ma mère a été convoquée par le proviseur, puis par la Sécurité sociale qui exigeait le remboursement des allocations familiales perçues depuis un an. Cette inscription au cours Marie-France portait donc les espoirs de ma famille. J'ai joué le jeu. J'ai commencé un BEP malgré mon envie d'entrer dans la vie active. Moralité : à l'arrivée, deux ans plus tard, j'ai échoué à l'examen. Mon envie de travailler en a été décuplée.

Chaque été, je collectionnais les petits boulots. Employée d'une boulangerie, d'une droguerie, vendeuse de pralines sur la plage, femme de ménage... Ma mère et moi tenions un parking à côté de la gare de Toulon. J'ai aussi fait du porte-à-porte pour vendre des produits de beauté. J'allais dans les maternités avec mon sac rempli de « savons hypoallergéniques »... Et, quelques mois dans l'année, je me levais à l'aube pour m'occuper d'enfants que j'emmenais à l'école.

J'avais sous les yeux le modèle d'une vie de galère. Je savais ce que signifiait ne pas envoyer ses enfants en classe de neige, leur refuser des habits, des loisirs, les priver d'une égalité avec leurs copains. Je connaissais aussi les effets insidieux du manque d'argent. La lente érosion d'un couple en est un. On finit par se retrouver ensemble uniquement pour compter les sous après le marché. Combien de fois ai-je entendu mes parents crier, se disputer, chacun mettant la faute sur le dos de l'autre… Car le manque d'argent était vécu non pas comme une malchance, ni comme une fatalité, mais comme une faute. Un réflexe bien protestant… Et puis, quand l'argent manque, la vie décide pour vous. Vous êtes trop fragile pour lutter. Vous êtes à la merci d'un regard, d'une décision arbitraire, d'un coup du sort. Lorsque mon père, qui roulait en voiture, frôla un type à scooter, il enclencha la machine infernale. Mon père n'avait pas d'assurance, au sens propre comme au figuré. L'assurance, c'est un luxe. Cela coûte cher. C'est réservé aux autres. Le type à scooter, qui avait quelques égratignures, le savait. Il harcela mon père. Il cumula les arrêts de maladie, réclama des dommages et intérêts, au point d'obliger mes parents à prendre un crédit. Ils mirent trois ans pour rembourser ce profiteur à scooter.

Cet incident nous a marqués, mes frères et moi. Chacun à sa façon, nous avons réagi face à la menace de la pauvreté. Jean-Charles a été embauché très jeune dans un garage Citröen, qu'il n'a plus jamais quitté. Les errances et l'incertitude lui ont donné le goût de la stabilité. Depuis vingt-cinq ans, il a sa place au garage. Il a épousé son amie de jeunesse, Nathalie. Durant toutes les années qui suivront, je ne sentirai pas l'ombre d'une envie chez Jean-Charles. Il a trouvé son équilibre. Il a vu sa sœur réussir, parcourir le monde, et il éprouve une réelle fierté. Je souhaite à n'importe qui un frère aussi généreux. De son côté, Chris, à peine majeur, s'est lancé dans la création de petites entreprises. Il avait toujours un projet : retaper une péniche ou un manoir pour en faire un club, reprendre une discothèque à La Napoule avec un copain… Les projets n'aboutissaient pas, la trésorerie était hasardeuse et le découragement guettait, mais il rebondissait. Quant à moi, j'ai grandi avec un impératif : travailler sans répit pour ne jamais manquer.

La nuit m'a offert trois choses : un avenir, une féminité et une meilleure amie. Il a suffi que je croise une vague copine à Toulon pour que les cadeaux s'enchaînent. La copine quitte son poste aux vestiaires de la Scala, une boîte de nuit toulonnaise. Je prends sa place. La Scala est un endroit à la mode qui attire les jolies filles et les célébrités locales. À quelques mètres des vestiaires se trouve le bar, face à la piste bordée d'un espace réservé aux clients privilégiés.

Du haut de mes vingt ans, je suis ravie de ce poste. Pourtant, il est simple. Mon travail consiste à prendre les manteaux, à les ranger, puis à les rendre. Mais j'aime le contact avec les gens, l'ambiance, le personnel. Au bout de trois mois, le patron me propose de servir au bar. C'est une prénommée Patty qui me remplace au vestiaire. Grande, mince, de longs cheveux châtain et une défaillance intime, une plaie invisible qui suinte à chaque instant. Patty est sincèrement, profondément convaincue de ne pas valoir grand-chose. Elle se réfugie derrière des silences timides. Elle craint de déplaire, de mal faire, de défaire ce qui est déjà fait. Sa phrase préférée : « Ce n'est pas pour moi. » Qu'est-elle venue faire ici, au royaume de la nuit ? Ce royaume qui privilégie les audacieux ? Patty s'est laissé porter. Avec un mélange de grâce et de chagrin que je détecte aussitôt et qui me plaît. J'apprends que son père est militaire, comme le mien. Qu'il a passé toute sa vie sur des bateaux. Qu'elle n'est pas très douée pour les études, qu'elle finance sa vie comme elle peut… C'est le début d'une longue histoire. Elle est ma seule amie depuis vingt ans. Derrière la petite fille qui doute, il y a une loyauté d'airain. Patty m'a suivie dans tous mes projets. J'aime cette présence douce et inamovible. Je la réconforte, elle me rassure. Mes éclats de rire valent sa gravité.

Elle et moi formons vite le duo emblématique de la Scala. La folle et la timide, l'extravertie et la silencieuse… Nous sommes dingues du chanteur Prince. Dès qu'un morceau passe, deux hurlements résonnent depuis les vestiaires et le bar. Nous nous précipitons sur la piste.

Patty oublie sa réserve. Notre petite chorégraphie tape dans l'œil d'un journaliste de *Var Matin*, qui nous propose une séance-photos pour le journal. Nous voilà, Patty et moi, sur la place de la Liberté, à Toulon, en tenue professionnelle. Nous portons deux minuscules jupes en Néoprène, avec un gilet sans manches de la même matière, celle des hommes-grenouilles ! Quitte à jouer le jeu, autant aller jusqu'au bout. Nous enjambons les rebords de la fontaine et posons, chevilles dans l'eau, fusils à harpon sur l'épaule ! Nous n'avons qu'une exigence, et le journaliste s'y soumettra : nous voulons changer de nom pour l'occasion. Quand l'article paraît, il est titré « Wendy et Lisa, les serveuses de la Scala ». Wendy et Lisa sont les noms des choristes de Prince !

Au bar, je m'enhardis aussi. Mes cheveux sont plus longs, je me maquille, je fais attention à mon allure... Pour la première fois, je me sens jolie. Je savoure la métamorphose. Patty assiste au changement, en spectatrice bienveillante. Chaque soir je m'octroie ma part de bonheur. Car une boîte fait souvent rêver ceux qui y travaillent. Ces éclaboussures de rêve me rendent brusquement désirable. Les garçons s'approchent, me sourient, me draguent... Consécration : un footballeur connu, qui fait chavirer toutes les filles de la Côte, me tourne autour !

Au bout de quelques mois, le directeur me fait passer en salle. Patty me rejoint. La salle est le pivot d'une boîte, une scène de théâtre. Je retrouve mon imagination d'enfant, faite de musique et de tenues insolites. Dans mon univers, on avance en déhanché. Et seuls comptent la fête et son cortège de fantaisies. Même Patty se lâche ! Toujours vêtues de Néoprène – moi en rose, Patty en vert –, on occupe l'espace. Un sourire accroché aux lèvres, on danse tout en servant. Cela me permet de décompresser. Je transpire, j'ai l'œil à tout, je dois surveiller chaque table, et cette volonté de maîtrise me comble. Ce n'est pas seulement la boîte que je tiens au creux de ma main, attentive à ses moindres sursauts. C'est la nuit tout entière qui m'obéit, à laquelle en retour je ne peux rien refuser. Je suis le portrait de mon père ; j'ai l'impression de le comprendre enfin. Mon père et cette dévotion envers son métier, la gratification d'une table mise, d'un couple de clients radieux… En un mot, la fabrication d'un moment heureux. Faut-il que j'en aie, des réserves de joie, pour vouloir à ce point la créer, la partager…

Chaque mois, je donne un peu d'argent à ma mère. Je sens bien que Chris lui manque. Cela fait six mois qu'il est parti à l'île de la Réunion, où il travaille comme DJ. Il a fait son bonhomme de chemin, circulant au gré des platines, à Avignon, Royan, Angoulême, Bandol… et la Réunion. La boîte s'appelle le Circus. Elle cherche quelqu'un pour tenir les vestiaires. Chris me téléphone : « Viens ! C'est une opportunité. La boîte donne sur la plage, c'est magique ! » Je n'ai pas besoin de réfléchir longtemps. Je ne me suis jamais évadée de Toulon. Les voyages coûtent trop cher. Et puis je pense aux paysages de rêve, à un été sans fin, aux retrouvailles avec mon frère. Je pense carte postale… Alors je décide de le rejoindre. Cette fois, ma mère a vraiment la larme à l'œil. Elle se sent abandonnée. Cette idée me déchire le cœur, mais l'aventure promet d'être excitante.

D'autant que Patty s'envole avec moi. À l'annonce de mon départ, elle a dit : « Ne me laisse pas. »

Sur place, la réalité nous rattrape vite. Le quotidien ne ressemble pas à un dépliant touristique. Pendant un an et demi, nous logeons chez Chris. Patty ne trouve pas de travail. Elle vient avec moi tenir les vestiaires, et je partage mon salaire en deux. Le Circus est une boîte sympa, sans plus. Je garde de cette période une impression étrange. Certaines images se bousculent, indépendantes les unes des autres. De ce séjour, il reste des souvenirs décousus, comme les éléments disparates d'un même ensemble que je ne parviens pas à relier. Je me rappelle un cyclone de force trois qui nous tient enfermés dans la maison pendant plusieurs jours. Heureusement, nous avons rempli la baignoire pour ne pas manquer d'eau potable... Ou des Métropolitains qui viennent au Circus, tout juste descendus de l'avion. Je les écoute en douce. Ils incarnent cette vie citadine, de plus en plus lointaine, qui me manque. J'ai envie de magazines, d'émissions de variétés, de frivolité. Je me souviens surtout d'un Noël au soleil, un cauchemar ! Ni Patty ni Chris n'ont réussi à me consoler. Ce soir-là, je cherche les rituels, la tiédeur de ma famille, l'ambiance ouatée de la maison. Je ne trouve que des cocotiers immobiles dans la chaleur. Je téléphone à ma mère en pleurant. Il faut parfois perdre les choses pour en mesurer le prix. Je me promets de toujours faire rimer Noël avec le froid, les lumières, l'attente des cadeaux et la quiétude d'une table familiale, même garnie de bols de café au lait.

Au bout d'un moment, je rumine mes envies. Patty aussi. Elle tourne en rond. Posez des rêves sur une île et laissez macérer : la recette infaillible pour larguer les amarres. C'était Paris qui me semblait le plus loin. Paris restait l'écrin le plus noble pour la nuit. Paris brillait de deux feux, le Palace et les Bains-Douches. Je le savais. Je regardais la télé et l'émission d'Ardisson, « Lunettes noires pour nuits blanches ». Les stars organisaient d'incroyables virées après les concerts. À Paris battait un pouls qui m'ignorait encore. En attendant, il fallait bien m'en approcher. Depuis la Réunion, la route était longue…

Quand se présente un poste de serveuse dans une boîte qui se monte en métropole, l'Hysteria. Le propriétaire est celui de la Scala. Il souhaite recréer l'équipe. Il insiste pour que je rentre. Coup de fil inespéré ! En plus, l'Hysteria est… à Saint-Tropez. Le seul village capable de rivaliser, l'été, avec Paris. Cet endroit m'intimide et m'attire. La perspective d'y travailler, d'y vivre, me met dans un état second. J'ai l'impression d'entrer de plain-pied dans une double page de magazine. Le soleil, la mer, les stars, la nuit… Encore une fois, mes rêves de carte postale. Je m'y prépare, le cœur battant.

Mon premier objectif est de dénicher un logement. Ce sera une petite maison meublée, réservée au personnel de l'Hysteria. Je partagerai ma chambre avec une amie. Ensuite, je dois m'acheter de quoi m'habiller. Là-bas, les filles sont plus jolies les unes que les autres. Persuadée d'être moins attirante qu'elles, je soigne mes tenues. Enfin, il faut trouver un travail pour Patty. Depuis mon île, je passe quantité d'appels. En vain. Saint-Tropez n'a besoin de personne. En montant dans l'avion, au début de l'été 1989, je laisse derrière moi mon amie malheureuse, coincée sur cette île. J'ai l'impression d'abandonner une sœur. Comment tiendra-t-elle ici, sans projet, la tête pleine de mauvaises pensées ? Je me jure de tout faire pour lui trouver un boulot en France. Et je le ferai.

Après l'atterrissage à Paris, je saute dans un train pour Toulon. Le temps d'embrasser ma mère et me voilà dans la voiture de Luc, surnommé Luc Skywalker lorsqu'il mixe. Ce DJ faisait partie de l'équipe de la Scala. Il travaillera désormais à l'Hysteria. Nous hissons ma grosse valise dans le coffre de sa vieille voiture blanche. La route longe la mer. Quelques jours avant, j'étais coincée sur une île, à des milliers de kilomètres… Je savoure les retrouvailles avec ce paysage du sud de la France. Derrière le profil de Luc, avec sa tignasse et ses lunettes rectangulaires, je vois se dessiner la Méditerranée.

La saison passe. Et quelle saison ! Les lumières tournent avec ma robe ! Je m'occupe des dix tables les plus importantes, réservées aux VIP. L'ambiance est portée par un groupe qui reprend les tubes du moment. Parfois, une célébrité de passage fait le bœuf. Quelle magie de voir George Michael chanter à quelques mètres de moi. Tout paraît facile. La baie de

Saint-Tropez ressemble à une immense terrasse où les serveuses des lieux branchés sont elles-mêmes les stars d'une saison. La nuit scintille, bruissante de voix détendues. Est-ce parce que je débarque de l'île de la Réunion ? J'ai l'impression de renaître. L'isolement de cette dernière année, si loin de tout, n'est plus qu'un souvenir. Quand je pense à Patty, restée là-bas, je redouble d'énergie. Je multiplie les contacts, les projets. J'emmagasine tout, je n'oublie rien pour lui raconter ma vie ici : « Elton John a quitté le club à quatre heures ce matin », « J'ai vu Linda Evangelista, le top-modèle, elle est vraiment canon », « Tu savais que Johnny Hallyday était aussi sympa ? », « Cette nuit je n'ai jamais reçu autant de pourboires »... Mais aussi : « J'ai été invitée sur le bateau d'une fille d'à peine mon âge », et surtout : « Patty, j'ai rencontré quelqu'un. »

L'Hysteria est un bar « lounge ». Un endroit d'un nouveau genre.

À dix-huit heures, je commence la mise en place. Ensuite, je dîne avec l'équipe. Mes collègues de travail sont blondes, plutôt surfeuses et très à l'aise… L'une d'elles s'appelle Charlotte. Rigolote et dépensière. Elle adore la fête et les jolis garçons. D'ailleurs, son copain, barman de l'Hysteria, fait partie des play-boys de Saint-Tropez. Il a une belle frimousse et de longs cheveux. Rebelle et romantique : le cocktail pour supplanter les autres mâles saisonniers. Je m'entends bien avec lui. Comme avec le petit ami de la barmaid, un forain qu'elle a rencontré en le servant. Aujourd'hui, ils sont toujours ensemble. Ils sillonnent les routes de France au gré des fêtes foraines.

Tout l'argent que je gagne, je le mets de côté, excepté les pourboires, qui me permettent d'acheter vêtements et Converse. Autour de moi, dans le milieu saisonnier, les filles claquent leur paye en fringues de marque et cosmétiques. Le but : être la plus séduisante pour travailler dans les lieux les plus prisés. Elles se reluquent, s'évaluent. Je suis hors jeu. La seule chose qui m'intéresse, c'est d'économiser pour ma venue à Paris une fois la saison terminée.

Après le dîner, le show commence. Ma vie se concentre sur cet instant, prête à basculer vers la joie, posée en équilibre sur le rebord de la nuit. Je suis prête. Les premiers clients arrivent. Plus ils seront détendus et heureux, plus ils seront généreux en pourboires. Jusqu'à trois heures du matin, je déambule parmi les tables. Je suis au cœur de la fête, au cœur du monde ! Il bat sous mes pieds. Dans les sourires que je distribue, les places que j'assigne, le champagne que je sers, je donne le sentiment de m'amuser avec les clients. J'aime avoir cette attention aux autres. Le centre du monde est là, dans la danse et le plaisir de la nuit. Cette sensation persiste bien après la fin de mon service. À trois heures du matin, j'en profite encore. Je me rends au Bal, un club précurseur tenu par Sophie Rallo. La dame règne sur l'équipe la plus déjantée de la Côte. En salle, ils sont deux. Lui : un brun musclé, avec des bottes de moto et des chemises aux manches coupées, qui fait chavirer toutes les filles. Elle : une blonde aux yeux bleus dotée d'un maintien aristocratique, tout en retenue, un modèle d'élégance qu'elle fabrique avec trois bouts de chiffon. Et surtout Cyril, la star du Bal. C'est un véritable leader. À la caisse, on trouve Marc. Tout droit sorti d'un clip des Village People. Derrière le bar, l'œil de Moscou veille. C'est Pierre, qui travaille aujourd'hui avec Jean-Michel Jarre. Les platines sont le domaine de Yann, DJ qui vit la moitié de l'année à Londres. Il amène ici les nouveaux courants, comme la musique électronique. Le Bal est alors la seule boîte à passer de la house music et de la soul. Quand résonnent les premières notes du légendaire *French Kiss*, de Lil Louis, ou *Technotronic*, le club s'embrase. Je guette Cyril. On danse ensemble jusqu'à épuisement.

À sept heures et demie, le Bal ferme et on se retrouve à la brasserie du coin. Le soleil est déjà haut. Tous mes amis saisonniers sont là. L'équipe du Bal, bien sûr, mais aussi Dan, le DJ des Caves du Roy, Claude, celui du Pigeonnier, Jean-Yves, patron de la plage Coco Beach,

Philippe Corti, du Papagayo… On se raconte les potins de la nuit, les additions salées, les disputes, les tromperies, les célébrités croisées. Le matin, le goût des croissants et nos éclats de rire… J'adore ces instants.

C'est au Bal que se joueront plusieurs scènes charnières de ma vie. Parmi elles, il y a cette fin de nuit, en fin de saison, avec un homme en fin de parcours. Debout sur la piste, seul et imbibé, ce jeune gay, fortuné et habitué des lieux, a trop bu. Titubant et vociférant, il démolit Saint-Tropez. À mes yeux, Saint-Tropez est sacré. C'est l'endroit qui m'a offert une reconnaissance sociale. Autant insulter un temple devant un pasteur ! D'après moi, il n'existe pas d'endroit plus sélect et plus branché au monde. Sauf que je n'ai encore rien vu du monde. L'homme est furieux. « La musique est nulle ! Le DJ n'a rien compris ! » Puis : « C'est ringard, ici. Comparé à Ibiza, Saint-Tropez, c'est une maison de retraite ! L'été prochain, je reste à Ibiza ! » C'est comme ça que j'ai entendu ce nom, Ibiza, pour la première fois.

Une nuit, au début d'août, je suis en train de danser avec Charlotte. Ma tête virevolte de droite à gauche. Mon corps est léger. Soudain je croise le regard d'un jeune homme plutôt frêle. Il se tient au bord de la piste, un peu dans l'ombre. Son regard est très clair. Il me sourit. Je ne connais pas ce visage. Je ne l'ai jamais vu sur les plages que j'arpente pour repérer les nouveaux clients, ni sur le port, étape obligée après une journée au bord de la mer, ni chez Sénéquier, ni le soir au club… À Saint-Tropez, tout se sait. Mais personne ne parvient à me renseigner sur ce garçon.

Les soirs qui suivent vont se ressembler. J'attends, le cœur battant, ce jeune homme accompagné de ses copains. Il ne ressemble pas à un Tropézien. Partout, les garçons portent des cheveux longs, des santiags et un bronzage doré. Un peu Harley-Davidson, faussement révoltés. Lui, tee-shirt, jean, baskets – et une peau d'endive ! À côté, je suis un sapin de Noël. Je ne sors jamais sans une minijupe à volants assortie d'un body décolleté et de baskets de boxe. La classe… Il n'empêche : soir après soir, nos regards se trouvent et se démêlent, reviennent l'un vers l'autre pour s'éloigner une seconde plus tard. On s'observe, on rougit. Vertiges de l'amour. J'obtiens quelques informations grâce à une copine. « Ce sont des Parisiens, crie-t-elle à mon oreille pour couvrir la musique. Le premier s'appelle Cyril, promoteur de fêtes branchées et organisateur de la fameuse soirée Le Bal des Étoiles. Le deuxième, le métis sublime, est physionomiste. Pas mal, hein ? Et lui, là, c'est Pascal, le type de la sécurité. Le quatrième, celui qui est tout pâle, c'est David. Le DJ du Bal des Étoiles. » DJ ! Comme mon frère, comme mes meilleurs amis de la Côte ! Si je suis contente d'un métier pareil !

Ces quatre mousquetaires faisaient en réalité une saison dans un petit club de Cavalaire, persuadés qu'ils parviendraient à y attirer la clientèle tropézienne. C'est parce qu'ils n'y sont jamais parvenus qu'ils venaient au Bal en fin de nuit.

La même fille m'apprend le lendemain que David mixe pour un soir au Papagayo. J'arrive en trombe. Je me plante à côté d'un pilier. Je l'observe. Il mixe avec aisance, un sourire aux lèvres. Puis il relève la tête et me fixe. Ce regard me cloue au sol. Subitement, il change de rythme. Des scratchs mêlent *French Kiss* de Lil Louis et… *Public Enemy*! L'ambiance change. La salle est électrique. Elle ressemble à un énorme animal dont les flancs respirent par saccades. J'ai déjà vu une telle grâce aux platines, une seule fois, c'était Cash Money au championnat du monde des DJ, sur la cassette vidéo que mon frère Chris se passe en boucle. Hypnotisée, je regarde David travailler. Et soudain il surgit devant moi, une coupe de champagne à la main. Il se présente. Je tremble trop pour entendre. Il me pousse doucement vers une banquette. Il articule des mots que je ne comprends pas. Impossible de lui faire répéter : ses copains nous encerclent, ils veulent rentrer à Cavalaire. David disparaît.

Le lendemain soir, il est encore là. Je danse, comme d'habitude. Il est au fond du club et me regarde. Encore une fois, nous nous retrouvons assis côte à côte, mais je suis bien décidée à parler. Je n'aurai pas le temps, là non plus. David me regarde et lâche : « À partir de maintenant, on ne va plus jamais se quitter, on va se marier, avoir des enfants et une vie merveilleuse. » Rebelote : je reste sans voix! Partagée entre le désir de l'embrasser et celui de fuir à toutes jambes.

Alors j'ai fait les deux. Je l'ai embrassé et je suis partie.

En un été, j'ai scellé ma plus grande et ma plus belle histoire d'amour. Pourtant, les débuts n'ont pas été faciles. Sous des dehors papillonnants, j'étais farouche. Je savais faire décoller une ambiance, mettre à l'aise des clients, enflammer une piste de danse. Mais je savais surtout être seule. J'avais une place professionnelle sans vraiment comprendre où était ma place. Le cran, l'audace, la force du poignet, disparaissaient soudain, vidés de leur sens, écrasés par l'évidence de ma solitude. Personne ne m'avait appris à être deux. Personne ne s'était posté derrière moi, attentif, avec cette indulgence qui rend fort. Je n'avais jamais compté que sur moi. La chose la plus précieuse au monde, je l'ignorais. Alors, quand David me prenait la main en public, je la retirais. Je refusais qu'il vienne me chercher au travail, à la fermeture. Je ne voulais pas qu'on me reproche d'avoir la tête ailleurs, d'être moins attentive aux clients, à mon travail. Durant toute notre vie commune, nous sommes parvenus à préserver cette pudeur. Je ne supportais pas qu'on me sache amoureuse. Autant me déshabiller sur le port ! C'était intime. C'était à moi. C'était ma carence. Mes premiers pas dans l'ombre. Se taire, c'était garder secret cet abandon. Comme un père qui ne montre jamais son désespoir. Comme une mère qui se repoudre le matin, malgré les problèmes d'argent.

Et tout s'est passé comme si David l'avait compris d'emblée. J'étais agressive ? Il le supportait. Il ne bougeait pas d'un pouce, fidèle à ce qu'il est encore maintenant : un apaisement permanent. Je ne sais pas d'où il tient ces réserves de patience. Mais cette montagne de calme s'est postée derrière moi pour attendre. Un soir, fêtant la fin de la saison, le Papagayo a organisé un bal costumé sur le thème de la Rome antique. Pour me faire plaisir, David est venu me chercher à la fermeture. Déguisé. C'est-à-dire vêtu d'un drap blanc, invisible sur sa peau blafarde ! Il était maigre comme un moineau, pieds nus, et si pâle ! J'ai eu honte de lui. Je ne lui ai pas adressé la parole. Toute la nuit, je l'ai ignoré. Il ne disait rien. Il attendait que je revienne. Aujourd'hui, lorsque je lui souris, il est capable de me demander, tout à trac : « Qu'est-ce qui ne va pas ? » Parce qu'il connaît ma gamme de sourires. Parce qu'il détecte mes défenses pour mieux les lever.

J'étais bel et bien amoureuse. Je le montrais à ma manière. J'étais excessive, maladroite, dure. Mais chaque faux pas était un aveu. Il fallait bien l'admettre : j'avais ce garçon enfoui dans le cœur. Bon, je n'étais pas non plus invivable… Je le faisais rire, avec mon accent du Sud, mon aisance avec tous, mon aplomb qui tranchait sur sa timidité. J'adorais son visage brusquement fendu d'un sourire. Notre couple dessinait déjà ses grandes lignes. Lui, la sérénité, la gentillesse, une forme de stabilité immuable. J'admirais sa curiosité sincère. Et moi, la joie de vivre incarnée, la fonceuse.

Il était hors de question que David reparte avec ses copains. Cette seule idée nous massacrait le moral. Pourtant, il a suffi d'un coup de fil de son père, depuis Paris, pour imposer la séparation. David devait le rejoindre en Grèce. Ces vacances étaient prévues depuis un moment. L'impératif familial l'emportait sur le reste. Le séjour dura un mois. Une éternité ! David suppliait son père de le laisser rentrer. Moi, je pleurais dès que j'entendais sa voix au téléphone. Avec l'impression de laisser un peu de moi à chaque conversation, de déposer des larmes dans chaque mot prononcé.

À peine avait-il posé un pied à Paris qu'il a loué une voiture. Il est descendu me rejoindre, le coffre chargé de ses platines. Il fallait nous trouver un logement. J'ai quitté la chambre que je partageais avec Charlotte pour squatter, le temps d'une nuit ou deux, chez des gens charitables. On nous aimait bien. Le DJ des Caves du Roy a dormi chez des voisins pour nous laisser son studio. Un copain nous a prêté l'appartement qu'il sous-louait à un sous-locataire... Une mousse verte commençait à recouvrir la vaisselle abandonnée dans l'évier ! David, qui s'entraînait tous les jours à mixer, y démonta une porte pour y poser ses platines. Un jour le propriétaire déboula en hurlant. Il nous donna dix minutes pour vider les lieux.

Nous dégottions toujours une chambre où nous retrouver au petit matin. Nous parlions sans nous arrêter, jusqu'à épuisement, jusqu'à ce que l'un de nous deux s'endorme au milieu d'une phrase. Comme si nous voulions tout savoir l'un de l'autre le plus vite possible, pour mieux le comprendre, mieux l'aimer, pour faire comme si nous nous connaissions depuis toujours. David m'inspirait déjà une totale confiance. Il était le seul à oser me lancer : « Tu es au courant que tu es noire ? » Je rétorquais : « Métisse ! » et David éclatait de rire.

Mon frère Jean-Charles se mariait à Toulon. J'ai décidé d'emmener David. Le projet s'annonçait compliqué : j'avais demandé un soir de congé à mon employeur, qui avait exigé que je revienne travailler à vingt-trois heures. Quel moyen de transport nous amènerait de Saint-Tropez à Toulon dès la fermeture du Bal, à sept heures du matin ? Par chance, la gentillesse existe. Dans ce cas, elle s'appelait Titi Campion. Avant de gérer la Foire du Trône, il pouvait gérer la fête des cœurs. Et nous conduire dans sa Mini Moke vers Toulon.

Les présentations familiales se déroulèrent comme dans un rêve. Ma famille était joyeuse. Quinze personnes en tout. Quinze personnes qui se fichent des convenances, ignorent les codes de Saint-Tropez et s'adressent à David comme si elles le connaissaient depuis toujours. Les parents de la mariée lui font goûter l'anchoïade, la soupe au pistou, les parfums méridionaux qui ont envappé mon enfance. On le chambre sur ses origines parisiennes. Ma mère est séduite. Elle trouve qu'il parle bien, très lentement, et se dit qu'il a dû faire de sacrées études. Des années plus tard, elle lui donne toujours raison. Pour elle, David parle d'or. C'est le seul qui puisse gentiment se moquer de sa gourmandise, ou lui dire de se calmer quand elle ressasse le passé. Et puis, ce jour-là, ma mère devine tout ce qu'il m'apporte. Et David regarde, éberlué, ce monde où les danseuses en minijupe redeviennent les enfants de leurs parents, où le m'as-tu-vu s'arrête à la barrière d'une maison. Jean-Charles, toujours souriant sous sa petite moustache, est fidèle à lui-même : profondément gentil et accueillant. David découvre la joie d'une tablée, celle d'une famille unie. Il m'observe sans juger. Ici, il n'y a ni paillettes ni faste. La fête est encore plus belle lorsqu'elle est simple. Cet accueil m'a définitivement liée à David. Si les miens l'acceptaient si facilement, je pouvais avoir confiance.

À la fin de la saison, il était entendu que je suivrais David à Paris. C'était évident. Mais l'été a fini plus vite que prévu, dans une ambiance de catastrophe. Quelques jours avant le départ, un cambriolage a eu lieu dans la maison que je partageais avec l'équipe. Toutes mes économies ont disparu. Elles n'étaient pas énormes, mais elles suffisaient pour payer le voyage à Paris, de quoi manger et louer une chambre, bref, de quoi tenir un mois. L'arrivée dans la capitale s'annonçait mal.

Paris ? La douche froide. Au moins aussi glacée que le climat. Venant du Sud, je ne m'habitue pas au ciel gris. Un gris terne, humide, qui n'a rien à voir avec mon pays. Les ciels d'en bas sont lisses et gonflés par le vent. À Paris, on dirait toujours que le ciel s'est mouché sur les trottoirs. C'est d'un triste ! Je traîne ma province derrière moi. Personne ne dit bonjour dans les magasins. Quand je demande mon chemin, j'ai l'impression d'avoir un couteau en travers des dents tellement les gens se méfient. Les passants marchent vite, les voitures roulent vite, les commerçants servent vite. Est-ce que les Parisiens mangent, parlent, pensent aussi vite ? Cette population étrange semble toujours pressée, aveugle aux autres. Je me perds dix fois dans le métro, ce labyrinthe hostile et nauséabond. Dans ma tête résonnent les recommandations de ma mère. Ma mère et ses craintes, son manque d'assurance, sa terreur qu'il m'arrive quelque chose… C'est bien le moment d'y penser ! Jamais je ne me suis sentie aussi perdue.

Saint-Tropez était un endroit petit, chaleureux et limité par un port. J'avais pu me faire une place. Paris est immense, gelé et sans fin. La ville aspire et recrache ceux qui franchissent ses murs.

David propose de m'héberger quelques jours. Je pense très fort que c'est bien la moindre des choses. Mais je me tais. Je découvre qu'il habite toujours chez son père et sa belle-mère. À la base, je suis plutôt contente. Ma mère me manque terriblement. Approcher une vie de famille, même si ce n'est pas la mienne, me procure du réconfort. J'imagine des bises et des gentillesses. Mauvaise pioche. L'appartement se situe près du marché d'Aligre, dans le XIIe arrondissement. Le père est propriétaire d'un petit restaurant rue de Cotte. Il est distant et très, très cultivé. La belle-mère aussi. En bonus, elle a une intonation de la voix particulière. La fin des phrases est savamment relevée, mais sans ostentation, juste assez pour que ça dise : « Je suis une intellectuelle de gauche. » Moi, ma famille, c'est plutôt « déscolarisés de droite ». Le choc des cultures !

Le premier repas est réfrigérant. Personne ne me pose de question. Dire que le restaurant du père s'appelle La Connivence! On fait comme si je n'existais pas. Moi qui espérais une famille parisienne, qui me réjouissais de nouvelles attaches… Vingt ans après, je suis en train de revivre la même humiliation que ma mère, quand mon père la présenta à sa famille d'accueil, à Saint-Hippolyte-du-Fort. Je saisis ce qu'elle a pu ressentir. Mais je comprends aussi, intuitivement, la force et la détermination que l'on tire de telles situations. Ma mère prit l'avion pour Dakar et fonda sa propre famille. Elle affronta la peur et les préjugés. Il me reste donc à choisir mon défi.

Durant ce dîner, j'entends des bribes de conversation. Les références littéraires et géopolitiques m'échappent complètement. J'essaie d'adoucir mon accent du Sud, et, surtout, de dissimuler mon étonnement. Je vois passer un plateau de fromages ahurissant. Je n'en ai jamais vu de semblables. Chez moi, on mange du fromage emballé. L'estampille « meilleur prix » garantit un vrai goût de caoutchouc. Là, je découvre les couleurs, les textures nouvelles. Jaune, orange, blanc, à pâte lisse, granuleuse… Je retiens les noms : mimolette vieille, fribourg, saint-nectaire… Cette ignorance culinaire vaut toutes les exclusions sociales. C'est presque pis que les réflexions blessantes de mes camarades sur mes cheveux et ma peau, quand j'étais à l'école.

Je me tais. Que faire ? C'est la famille de David. Et puis j'ai d'autres soucis. Ici, je n'ai ni soutien, ni logement, ni argent. Seule évidence, mes préoccupations diffèrent de celles de David. Il vit dans un confortable appartement avec ses parents. Il a une assise, un toit assuré. Moi, je cherche du travail.

De ce côté-là, je déchante aussi. On m'avait dit que David connaissait du monde, qu'il mixait dans les soirées branchées. J'étais sûre qu'il pourrait m'introduire dans ce milieu parisien. En réalité, il n'a aucun contact. Il est bien trop timide pour ça, et puis il n'y a que la musique qui l'intéresse. Je dois me débrouiller. Je prends mon courage à deux mains pour téléphoner à Jean-Christophe Martin, rencontré à Saint-Tropez. Ses mots résonnent encore à mes oreilles : « Quand tu viendras à Paris, appelle-moi. Je ne te promets rien, mais avec ta pêche, tu apporterais un rayon de soleil. »

Il reconnaît ma voix et me donne rendez-vous au Palace, dont il dirige le personnel. Je n'en reviens pas. Le Palace ! Le soir même ! Autant dire le paradis à portée de main. J'en tremble au point de demander à David de m'accompagner. Et me voilà dans cette salle de trois mille personnes, à attendre bêtement que Jean-Christophe veuille se montrer. En attendant, j'observe tout. Ce que je vois m'effraie. Le personnel, habillé en noir, affiche une tête sinistre. À croire que le métier flingue le moral. Les filles sont habillées comme dans les magazines. Chacun s'adresse à l'autre d'une façon bizarre, pas très naturelle, en tout cas d'une façon qui m'est complètement étrangère. Je me sens aussi à l'aise qu'un clown dans un banquet mormon. David finit par partir. Il doit se lever tôt le lendemain. Je reste tapie dans un coin et complètement déboussolée. Les heures passent. Quel écrivain, déjà, parlait de solitude parmi la foule ? Quelqu'un qui a attendu Jean-Christophe, certainement ! Le Palace se vide. Je ne bouge pas. Personne ne vient, sauf l'aube. L'essentiel, c'est de ne pas s'affoler. Ne pas montrer que mes mains tremblent et essuyer mon front trempé. Je pense à prendre un taxi mais les mots de ma mère me retiennent. Faire attention, les inconnus, la nuit… La boîte est vide, maintenant. Je suis toujours vissée sur ma banquette, dans un coin, dans un état lamentable. C'est alors qu'un jeune homme chic m'aborde : « Euh, vous allez bien ? Houlà… Allez, je vous ramène. » Toute la soirée, il a parlé aux VIP, couvé par le regard des filles. Il a l'air d'être un habitué du Palace. De toute façon, je n'ai pas le choix. Je me retrouve dans une voiture de sport, tétanisée, à peine attentive au débit du jeune homme. Il n'arrête pas de parler ! Je distingue : « On passe chez moi, je dois prendre un truc, je te ramène après. » Mon cœur cogne. J'envisage les pires horreurs. À quoi reconnaît-on un violeur en série, un tueur sanguinaire, un cannibale ? À son côté inoffensif, justement. Je me surprends à prier le petit Jésus, comme on disait dans mon enfance.

J'atterris dans un studio immense, en haut d'une tour de quarante étages surplombant la Seine. Les baies vitrées scintillent. J'avise une chaise. Je m'y pose avec autant de précautions que si elle était bardée d'explosifs. J'attends. Je perçois le crépitement d'une douche. Puis le jeune homme sort, vêtu d'un peignoir. Mes cheveux se dressent sur ma tête. Il me contourne. Sans me jeter un regard, il s'écroule sur son lit gigantesque. J'ose à peine respirer. Il est six heures du matin, je suis assise sur une chaise face à la Seine, pendant qu'un inconnu en peignoir dort comme un bébé. Lorsque les courbatures me font mal, que la fatigue me brise la nuque, je me lève silencieusement pour me diriger vers le lit. Je ramène mes jambes sur mon ventre en jetant des coups d'œil inquiets au corps qui respire paisiblement à mon côté. Recroquevillée à l'extrémité du lit, je m'endors d'un coup.

Quand j'ouvre les yeux, il est midi. L'appartement est vide. Le jeune homme m'a laissé un petit mot adorable. Je me précipite vers la porte et je descends l'escalier en courant. Je me jette dans la première cabine téléphonique pour appeler mon ami, Franck Maillot, rencontré au Bal à Saint-Tropez. Lui aussi est venu à Paris tenter sa chance. Il habite chez une copine richissime dans un magnifique loft du Marais. Franck me retrouve dans un café, essuie mes larmes. Il me conseille de reprendre contact avec Jean-Christophe. Je m'exécute. Cette fois, ce dernier propose que nous dînions ensemble. Rendez-vous est pris au Sweet World Café, un restaurant-lounge, rue Montmartre.

Jean-Christophe s'excuse pour le rendez-vous manqué au Palace. Je réponds : « Ce n'est rien », je pense très fort : « J'ai eu la peur de ma vie. Maintenant donne-moi des horaires, des clients, un travail. » Mais il n'y a aucun poste au Palace. En revanche, le Sweet World Café, où nous sommes, cherche une barmaid. Le restaurant appartient au groupe du Palace, avec les Bains-Douches et la piscine Deligny. C'est déjà un pas vers mon rêve.

Aussitôt, on se lève de table pour rencontrer la directrice des lieux. Habillée en noir, forcément. Quarante-huit heures plus tard, je suis en place. Foule, nuit et musique : c'est ça, mon cocktail ! L'aventure redémarre. Je travaille avec Caroline, une grande rousse, et Charlotte, ma copine fêtarde de Saint-Tropez. Derrière le bar, la rousse, la blonde et la métisse font fureur. La plupart des clients transitent par ici avant de rejoindre le Palace. Je commence à rencontrer du monde : Philippe Fatien, patron du club gay Le Boy, Laurent Garnier, qui vient boire un café avant d'aller mixer au Palace, Vincent Cassel, que l'on voit débarquer avec sa bande, Solo, du groupe Assassin. David vient parfois me chercher. Il joue au billard en attendant la fin de mon service.

Je n'habite plus chez lui. Depuis qu'une journaliste rencontrée à la Réunion a franchi la porte du Sweet World Café et qu'elle m'a proposé de sous-louer sa chambre pour quelques mois, la vie n'est plus la même. En partant de chez David, j'ai croisé son père. J'avais les bras chargés de gros sacs de sport remplis de vêtements et je descendais péniblement le petit escalier. « Vous partez ? Ben salut », furent les mots les plus chaleureux qu'il ait jamais prononcés. Je m'en fichais. Ma pièce de quinze mètres carrés me semblait plus luxueuse qu'un palais. Du moins jusqu'à la nuit. Après avoir déplié le lit qui prenait tout l'espace, j'ai essayé de ne pas avoir peur. D'oublier que je me trouvais seule, pour la première fois, dans une pièce au centre de Paris.

De rester calme quand des gens passaient devant ma porte. De dormir enfin…

Un mois plus tard, ma réputation est faite. Mon sourire, la musique que j'apporte sur mes propres cassettes, les cocktails que j'invente chaque soir… Jean-Christophe me propose alors d'assurer les afters au club Kit Kat. J'accepte. Ce qui exige un tour de force physique : mise en place au Sweet World Café dès dix-sept heures et service jusqu'à deux heures du matin. Une heure plus tard, direction le Kit Kat pour une nouvelle mise en place et service jusqu'à onze heures et demie. Il faut s'adapter à une nouvelle équipe. Elle compte Chantal, postée derrière la caisse, taciturne et chaussée de chaussures de boxe. Didier Thérouze, la plus belle découverte de cette période tant il est gai, naturel et simple. Je savoure aussi l'ambiance particulière du Kit Kat, ce petit club très fermé situé sous le Palace. Des DJ comme Gilda passent des morceaux étranges, de très belle qualité. La faune est moins nerveuse qu'au SWC, d'abord parce que le matin s'est levé, ensuite parce que l'endroit est sélect. Je croise Claude Montana et ses amis décalés, des acteurs, des filles moulées dans des robes haute couture qui sortent à peine d'une fête. Souvent les clients me font répéter les phrases, charmés par mon accent. C'est la première fois que ce défaut se trouve changé en qualité ! Beaucoup plus tard, je comprendrai que, vu ce qu'ils ont ingurgité comme substance, mon accent les transporte sur une autre planète. Pour l'instant, je suis encore naïve. Je me sens acceptée. Je suis heureuse, malgré la fatigue, d'enchaîner dans deux endroits. Je tiens parce que j'adore ça.

Les problèmes arrivent les uns après les autres. Peu de temps après, une sale histoire vient percuter mes espoirs. Le Palace doit fermer plusieurs mois. Au Sweet World Café, on ne parle que de ça. L'ambiance est lourde, d'autant plus pesante qu'on évoque le rachat du groupe par un fonds de pension anglais. Ces rumeurs ne me plaisent pas. Je n'ai pas l'énergie pour ce genre d'atmosphère. Mon énergie, je la mets au service de David. Notre histoire cahote. Je lui en veux de son inertie. Quand il vient au Sweet World Café, je l'oblige à payer ses verres de jus d'orange ! Je voudrais surtout lui faire payer ma désillusion. Et aussi un paradoxe. Je ne vois que lui. Mais, dès qu'il est hors de ma vue, la colère remonte. Comment oublier qu'il m'aide si peu ? Comment effacer la frontière entre nos deux mondes ?

J'ai découvert l'autre versant du DJ : étudiant en droit à la fac de Nanterre, protégé par sa famille, entouré de post-ados qui ricanent pendant des heures et prononcent le mot « cool » dix fois par phrase. C'est doué pour refaire le monde avachi sur un canapé en fumant des pétards, mais quand il s'agit de gagner sa vie… Je sens la distance se creuser. Je panique, obsédée par l'argent, guidée par mes rêves parisiens. Lui est obnubilé par ses idéaux politiques. Un soir de 1989, effondrée par la fermeture du Palace, je retrouve David surexcité : « Cathy, une chose très importante vient d'arriver. » Moi : « Je sais. Le Palace va fermer. » Il me regarde, sidéré. « Mais non ! Le mur de Berlin vient de tomber ! » Et il se lance dans un discours sur la libération des nations, ce moment historique… Je deviens folle. Je hurle : « Mais je m'en fous, du mur de Berlin ! C'est la chute du Palace qui est importante ! C'est *ma* chute ! »

On décroche la palme du glauque le jour où l'on rend visite à sa mère. Madame habite un petit appartement à Montparnasse. À peine franchi le seuil, David se raidit. Je sens qu'il est mal à l'aise, bizarrement gauche. Le temps de voir Madame, j'ai compris. Elle est psy, elle articule chaque son comme une prof de français et ne s'adresse qu'à David. Une manie familiale. Cette royale indifférence me permet de l'observer. J'en conclus que Marie-George Buffet a un sosie caché qui est en train de parler à son fils en face de moi. Un sosie, un vrai. D'une communiste ! Ça tombe bien : Madame parle des barricades escaladées en Mai 68, de la révolution populaire… Mais le peuple, il est assis à sa table, et elle ne le voit pas.

L'hiver passe. Je m'accroche au Sweet World Café mais le cœur n'y est pas. Avec David, nous avons emménagé dans une petite chambre de quinze mètres carrés au-dessus d'un vieux café, toujours vers le marché d'Aligre. Pour y accéder, il faut emprunter une échelle grimpant jusqu'à un trou béant que nous recouvrons vaille que vaille d'une vieille planche. Il y a des sacs partout, une télévision et un lit. Les temps sont rudes. Je suis obsédée par la survie. Je n'ai aucune garantie sur rien. Et puis je me retrouve enceinte. J'avorte. Avec un bébé si tôt, nous ne réaliserons pas la moitié de ce que nous avons entrepris. Il y a de la place pour deux enfants. Pas pour un troisième.

David amorce doucement un choix de vie. Je vois bien qu'il a du mal. Il n'est pas encore sûr d'oser travailler dans le monde de la nuit. Ses parents souhaitent qu'il poursuive son cursus de droit. Lui, il hésite. Il connaît mes origines. Il sait qu'il ne pourra jamais parler politique avec moi. Il corrige mes fautes de français : « On ne dit pas je vais *au* coiffeur, ni la voiture *à* mon père… » Rien de tel pour me mettre en colère. Tout ce qui me vient à l'esprit, invariablement, et que je dégaine comme un bouclier, c'est : « Les gens m'aiment et se foutent de mes fautes de français ! » Pour la première fois de ma vie, je commence à me sentir complexée. La culture de David et de sa famille me fait perdre confiance en moi. Alors, je m'accroche à ce qui m'est le plus cher : mon amour des gens, de la foule, cette générosité qui me distingue dans mon métier, qui attire tout le monde à moi, qui donne envie de se confier. J'écoute, je conseille, j'encourage, et je reçois en retour énormément de sympathie.

David et moi sommes en pleine dégringolade. J'ai pris mes sacs pour aller dormir où je peux. Je me retrouve chez une pianiste de bar qui m'ouvre sa chambre au sixième étage sans ascenseur, ou chez mes amis de Saint-Tropez. David réfléchit. Il est à un carrefour. D'un côté, la fac de droit, la joie de papa et maman. Un cursus classique, solide, pour une existence similaire. De l'autre, la nuit, la musique, moi. Le décalage, le chahut, une incertitude.

J'ai l'espoir qu'il chemine vers mon monde. À petits pas, certes, mais il avance vers moi. Depuis peu, il mixe une fois par semaine au Rex Club, lors des soirées hip-hop et house, baptisées Unity, qu'il organise avec son ami Kien. J'aime bien ces soirées. David et Kien y donnent le meilleur. Les danseurs sont excellents. La clientèle détonne autant que la programmation :

un défilé Xuly Bët, des DJ comme Norman Cook, qui deviendra Fat Boy Slim, une expo de graffitis… Lors d'une de ces soirées, je croise Jean-Christophe Martin. Il voit que je n'ai pas le moral. J'évoque la possibilité de quitter la France pour aller travailler au Club Med. Il regarde la piste bondée, puis se penche vers mon oreille et lâche d'une traite, sa voix couvrant la musique : « Tu as trente secondes pour accepter ou refuser. Je vais reprendre la direction du personnel des Bains-Douches. » Dans ma tête, ça valse. Je suis sûre d'avoir mal entendu. Les Bains-Douches. Jean-Christophe l'a vraiment dit ? La main en cornet, je crie : « Hein ? – Les Bains-Douches ! » confirme-t-il.

Je dois sortir prendre l'air. Le vent froid me ramène sur terre. Je grelotte. Mentalement, je récapitule. Barmaid cinq jours par semaine dans mon endroit rêvé. Je le répète en boucle, à voix basse. Les passants me regardent, effarés. Je ne bois jamais d'alcool. Cette fois, je n'ai qu'une envie : me saouler pour fêter ça.

Les Bains sont un sanctuaire. Un endroit totalement privé, dérobé aux regards. Le gratin du show-biz de la planète s'y presse. Nous sommes payés pour leur assurer cet abri. Ici, les photographes sont repérés et éconduits. Le personnel éloigne les indiscrets, surveille les demandes d'autographe. Aucun jugement. Les stars ne sont pas là pour convaincre ni pour épater. Pour ces gens qui sont sans cesse en représentation, cette liberté est le sommet du luxe. Deux hommes règnent sur cet enclos de platine. Hubert Boukobza connaît les puissants, quel que soit le domaine : design, musique, cinéma, top-modèle... Il a sa table à la Royale, le nom de la première salle des Bains. Il y reste assis toute la nuit, observant le défilé des stars obligées de passer devant lui. Chacun est convié à boire un verre. On ne refuse pas une causette à la table d'Hubert. Le deuxième homme est plus extravagant. Si Claude Challe a l'humeur orange, il portera de l'orange de la tête aux pieds. Si Claude Challe s'est mal réveillé, tout le monde en paiera le prix. Omniprésent, perfectionniste, il travaille deux mois à fond et part quinze jours au bout du monde. Il peut aussi, en une fraction de seconde, organiser avec son copain Prince un after-show après un concert à Bercy. Et Prince chante sur la scène des Bains-Douches tandis que je m'essuie les yeux d'émotion.

Reste que ces deux propriétaires, aussi flamboyants soient-ils, laissent lentement les Bains-Douches s'assoupir. L'établissement est un gouffre financier. Vissé derrière sa table, Hubert ne se préoccupe pas assez de son club. Claude Challe, lui, revient de Thaïlande avec des musiques impossibles qu'il veut absolument passer. Le duo chouchoute les stars, se montre généreux avec elles, mais ne sait pas satisfaire la clientèle qui paye. La gestion est anonyme, fluctuante. Du coup, quand la nouvelle équipe arrive, en même temps qu'un nouvel associé, l'ambiance est polaire. D'abord, Hubert et Claude ne vivent pas très bien le changement de personnel. Ensuite, les règles sont plus dures : on ne peut plus, désormais, demander à la caissière des sorties d'argent en espèces sans raison valable. Les « offerts » sont signés et approuvés. Nous sommes des employés avec des obligations de rendement maximal. Chaque soir, je dois remplir moi-même tous les frigos de mon bar. À la Royale, l'espace VIP, l'alcool ne se commande que par bouteilles. Quand l'une d'elles est à moitié entamée, elle est étiquetée au nom du client et rangée dans un casier de façon qu'il puisse la finir lors d'une prochaine visite – avant d'en réclamer une autre, bien entendu ! Cette pratique me permet à la longue d'identifier les habitués. La serveuse crie leur nom pour que je lui donne la bouteille, et je la suis des yeux pour mettre un visage sur ce nom que je découvre. Je fais cela entre deux coupes à servir. En plus, j'hérite de la vaisselle de tous les verres du club !

La nouvelle organisation est efficace, carrée. Moins bohème qu'avant ! Forcément, Claude Challe nous voit d'un mauvais œil. Chantal à la caisse, mon copain Didier et moi au bar, sommes aussitôt honnis. Dommage. Parce que moi, je plane. Je retiens ces looks incroyables, cette démesure. Je m'amuse à reconnaître les acteurs, les architectes, les sportifs, les mannequins… J'entends des conversations qui donneront des films ou des disques, j'assiste à des rencontres que je retrouve photographiées dans les magazines. Les Bains sont un balcon avec vue imprenable sur les tendances qui déferleront bientôt. Pendant un an et demi, je savoure mon bonheur. Je passe sur les mesquineries de l'équipe historique. Lorsqu'un serveur n'arrive pas à se faire entendre à cause de la musique, il lance un verre sur mes jambes, lequel se fracasse par terre, entre mes mollets. Je serre les dents pour ne pas les lui briser. Je me remémore alors un après-midi à la patinoire de Lagarde, près de Toulon, alors que j'étais adolescente. Pour me faire un peu d'argent, je donnais les patins aux clients et récupérais leurs chaussures. Un groupe de jeunes, me voyant débordée, avait crié : « Bouge ton cul, négresse ! » Je l'ai bougé. J'ai foncé vers le gars pour le frapper. Les gens m'ont tiré par les épaules. Je frissonnais de rage, indifférente à la douleur de mon petit doigt. Il s'était cassé sous le choc. Des années plus tard, debout derrière le bar des Bains, les pieds entourés d'éclats de verre, je meurs d'envie de renouveler mon exploit. J'entends les railleries sur mon accent, sur ma façon de marcher. Mais j'entends aussi Didier qui répète « on s'en fout, Cathy », et le réconfort que m'apportent Flore et Francis. Voilà un duo du tonnerre. Ils ont travaillé longtemps à l'Élysée-Matignon, un club privé dont les stars raffolaient dans les années quatre-vingt. Ils connaissent les codes sur le bout des doigts. Ils sont capables de donner le pedigree de chaque célébrité. Ils les ont toutes vu passer : les radines, les capricieuses, les flamboyantes, les généreuses... Flore et Francis accueillent maintenant les clients à la Royale. Aucune fausse note n'est tolérée : ces tables sont les plus chères et les plus courues de Paris. Et puis Flore démissionne de ce poste. Elle veut faire de la musique. Une erreur. Classique. Quand pour la cinquième fois un imprésario vous susurre « Tu as une belle voix, tu devrais chanter... », la tentation est grande. Mais la nuit est exigeante. Quand on franchit ses portes, elle ne supporte pas le demi-tour. Flore, comme beaucoup d'autres, a cru qu'on pouvait en passer le seuil au gré de ses envies.

Je saute sur l'occasion. Jean-Christophe est d'accord pour me donner la place de Flore.

Mais Claude Challe s'y oppose. D'après lui, je n'ai ni l'élégance ni le sex-appeal requis pour un tel poste. Je suis empotée, provinciale, contrairement aux débutantes à qui il veut confier l'accueil de la Royale. Et puis il dégaine les arguments fallacieux. Ne suis-je pas la copine de David, celui dont tout le monde parle ? Celui qui mixe ailleurs, vers qui je renvoie les clients des Bains ?

Depuis peu, David a troqué les soirées Unity du Rex pour le Central. Chaque mercredi, il mixe dans le cadre de soirées appelées « Les Foufounes électriques ». Vaste programme… Toujours avec son ami Kien, il choisit une musique qui le distingue, un mélange de sons électroniques et de hip-hop. Parfois il y a des shows sexy menés par Marlène, une blonde aux jolies formes, capable de jouer Marilyne ou Bardot. Les clients sont fous d'elle. David retient la leçon quand, quelques mois plus tard, les directeurs du Central lui proposent de prendre les samedis des Folies Pigalle. Ce vieux cabaret est sublime mais il n'attire plus que les tour-opérateurs. Sous les lustres en cristal, au milieu des tentures de velours rouge,

David et Kien jouent le décalé. Leur soirée s'appelle « Jean-Pierre et Samantha », en référence à la série télé « Ma sorcière bien-aimée ». Ils s'occupent de la gestion, du personnel, de l'accueil, de la promotion... De tout. Et peu à peu, ça prend. Le bouche-à-oreille fonctionne. Qui est ce DJ qui mixe Capitaine Flamme et de la house underground, le générique de « Ma sorcière bien aimée » et Soul to Soul ? Est-il vrai que les barmen, Crevette et Mercedes, sont des drag-queens, un phénomène encore nouveau ? Qu'on y voit des strip-teases, des lanceurs de couteau qui réussissent une fois sur deux ? La clientèle s'étoffe, s'élargit, au point que David et Kien se chargent d'une soirée hebdomadaire supplémentaire. Maintenant que les gays et les hétéros branchés ont lancé la réputation déjantée de l'endroit, on voit arriver quelques VIP que David et ses amis peinent un peu à accueillir selon les codes. Je suis ravie car je vais pouvoir le conseiller à ce sujet. Nous commençons à parler la même langue. Je lui apprends à bichonner une clientèle privilégiée, à recruter du personnel. Je lui envoie mes amis de Saint-Tropez, Franck et Cyril, du Bal. Et aussi Patty, qui débarque de la Réunion pour les Folies. Elle est terrorisée. David, perplexe mais pas très psychologue, lui propose le poste de Miss Tequila. Et voilà ma Patty sanglée d'une ceinture de cuir à laquelle sont accrochées deux bouteilles de tequila ! Elle repassera rapidement au service en salle. Désormais, un ballet de voitures de luxe transite devant les Folies. Le chiffre d'affaires du cabaret poussiéreux explose.

Pour Claude Challe, cela s'appelle de la concurrence déloyale. De là à affirmer que je rabats tous les clients aux Folies, il n'y a qu'un pas. Il en est persuadé : la clientèle des Bains se fait rare à cause de moi. C'est vrai qu'à trois heures du matin on dirait qu'une bombe a explosé. Il ne reste plus personne. Tout le monde a filé aux Folies. Claude Challe ne comprend pas deux choses : la première, c'est moi. J'ai une attitude franche, en affaires comme en privé. Je ne dégommerai jamais ma boîte en catimini. La seconde : le tournant que prend la nuit à ce moment-là. Le clubbing redécouvre les énormes délires, la musique électronique, l'émergence d'un nouveau personnel qui s'amuse autant que les clients. Toute cette créativité nocturne échappe totalement aux Bains.

Pourtant, devant l'insistance de Jean-Christophe, Claude Challe accepte de me mettre une semaine à l'essai. Me voici à la Royale, à la place de Flore. Dès le début, les clients sont surpris par mon professionnalisme. Comme j'ai tout observé quand j'étais derrière le bar, les bouteilles étiquetées, les habitués, je connais chaque table, chaque visage. La partie est vite gagnée. Les clients sont ravis. Une nuit, alors qu'elle s'apprête à partir, le top-modèle Christy Turlington m'invite au défilé Hervé Léger, le lendemain. Je n'en reviens pas d'une telle gentillesse. Elle me promet d'envoyer son chauffeur très tôt pour que je puisse d'abord prendre un petit déjeuner avec elle. Le lendemain matin, je quitte le club à six heures. Le temps de me doucher et de me changer, il est sept heures et demie. Assise au bord de mon lit, j'attends la voiture qui devrait passer maintenant, mais, avec tout ce qu'on promet durant la nuit, je suis un peu sceptique. À tout hasard, je regarde par la fenêtre. Surprise : une grosse berline aux vitres fumées patiente en bas de l'immeuble. Vingt minutes plus tard, je suis dans une suite du Ritz, face à Christy Turlington en peignoir, assise devant un luxueux plateau. Arrivent Naomi Campbell et Linda Evangelista, qui s'étonnent de la présence de la petite serveuse des Bains. Christy, elle, trouve la situation naturelle. Nous montons dans sa berline. Je l'accompagne dans les backstages. J'ai droit à une belle place pour assister au défilé. Je n'en perds pas une miette. Quand le chauffeur me ramène, l'envie de dormir le dispute à la joie.

Rares sont ceux qui tiennent ainsi parole. L'un d'eux, G. n'est pas un grand clubbeur, mais il aime sortir de temps en temps. Je repère sa silhouette, ses cheveux plaqués en arrière. J'adore ce monsieur. Pas seulement pour sa courtoisie, mais aussi pour ce gentil regard posé sur moi. Il observe, scrute, comprend sans un mot. Il vient accompagné de son ami, appelé « le Professor ». « Le professeur de stratégie nocturne », me précise l'intéressé avec un sourire malin. Il est l'homme de confiance de G. Les deux hommes ressemblent à des gentlemen sortis des quartiers chics de Londres. Une nuit, G. me demande où je compte passer mes vacances. « Quelque part où je pourrai faire de la plongée. Avec David, nous avons passé notre diplôme. On peut aller presque n'importe où. » La plongée est une passion. L'île Maurice, Eilat, les Maldives, les Seychelles, Tahiti... Chaque fois, nous dormons dans des hôtels bon marché. Le vrai luxe, ce sont les grands fonds marins. « Je comprends, dit G. Mais vous ne connaissez pas Ibiza ? » Devant mon air contrit, il ajoute : « Cathy, si vous aimez la nuit à ce point, vous ne pouvez pas ne pas connaître Ibiza. C'est impossible. Je vous invite. Mon bateau sera à quai pendant trois semaines cet été. » Promesse tenue. L'été suivant, David et moi débarquons sur l'île. G. s'occupe de notre logement. La claque est monumentale. Nous n'avons jamais vu ça. Nous n'avons jamais rien vu ! Abasourdie, je découvre la nouveauté. Je repense aux vociférations de ce client seul sur la piste du Bal. Il avait raison. Entièrement raison ! À Ibiza, les célébrités se font rembarrer aux portes des clubs si elles se comportent mal ou si leur starification les empêche de payer. J'ai vu des footballeurs mondialement connus ou des stars du cinéma américain rebrousser chemin et se glisser dans la queue, comme tout le monde. La saison battant son plein, les clubs réalisent un chiffre d'affaires colossal. Le client qui se conduit comme un empereur est éconduit sans états d'âme : la fête se fera sans lui, point. Que de différences avec Saint-Tropez, qui cultive le client roi et les passe-droits ! D'ailleurs, j'ai croisé à Ibiza des habitués de Saint-Tropez. Je les connaissais vulgaires, prétentieux, donneurs d'ordres. Je les ai découverts discrets, polis, n'osant plus rameuter la boîte autour d'eux. Ce ne sont plus eux qui assurent le spectacle, mais les milliers de clubbeurs rassemblés là, avec eux ou sans eux. Car la star, c'est la musique électronique. Personne ne dira qu'une soirée était réussie parce qu'il y avait telle ou telle célébrité, contrairement à Saint-Tropez. À Ibiza, on dit qu'une nuit a été magique parce qu'il y avait tel ou tel DJ. Les gens ne parlent que de ça. Dans les restaurants, les hôtels, les bars, les boutiques… Je vois mon David comme un gamin. Pour lui, c'est trop beau !

Je fais une virée nocturne dans l'île. Le Privilège, la plus grande discothèque du monde, accueille toutes les nuits treize mille personnes. Le groupe Queen a joué dans ce club mythique, quand il s'appelait le Ku. Je découvre l'Amnesia, plein à craquer, qui vibre d'un étrange appel : la foule scande « *espuma, espuma* », tandis que quarante danseuses ondulent au rythme de la mousse qui déferle et recouvre les gens. Perchée sur la mezzanine, je ne perds pas une miette de ce grandiose spectacle. J'apprends les rouages. Le Pacha, par exemple, emploie une centaine de personnes tout l'été. Des ateliers de costumes et de décors au responsable de la communication en passant par le directeur artistique, l'équipe assure la renommée de la boîte. Et puis il y a le Space, le temple mondial des DJ, doté d'un incroyable *sound system*. Tous les DJ de la planète rêvent de jouer au Space.

Voilà pour les lieux officiels. Car l'île entière est un club géant. Et c'est partout le même mélange bon enfant, sans compétition. Cette ambiance imprègne Ibiza. Dans n'importe quel restaurant, il semble évident que les clients sont des habitués. Pas du tout ! L'Éléphant, le Clos Denis, El Ayoun... Ces endroits sont tellement chaleureux que chacun se sent familier. L'exploit est de réussir à créer cette atmosphère sur fond de business florissant. Cette ambition, je l'aurai toute ma vie. C'est à Ibiza que je mesure l'ampleur de la tâche. Comment font-ils ? Le Cafe del Mar, à San Antonio, doit sa renommée aux somptueux couchers de soleil sur la mer. Mais aussi à l'excellente musique lounge qu'il diffuse et dont la compilation se vend comme des petits pains. La musique est signée du DJ local, José Padillas. Plus loin, la plage de Bora-Bora accueille une foule délirante de jeunes qui logent à quatre ou cinq par chambre. Ils se nourrissent de sandwiches pour économiser de quoi aller écouter leurs DJ préférés à la nuit tombée.

Nous rentrons en France complètement sonnés. Je reprends mon service, mais ma tête est ailleurs. Ibiza ne quitte pas mes pensées. Sans le savoir, je prépare mes prochains pas de côté. Mon avenir se dessine là, dans la surprise et l'inspiration que j'ai ressenties sur l'île. Je porte en moi l'envie d'en découdre, le désir d'une autre nuit que je créerais de toutes pièces. Rien que pour cela, pour la force de ce désir, je jure une fidélité éternelle à Ibiza.

C'est justement à notre retour que les choses se précipitent. Heureux hasard ? En tout cas, les mois qui arrivent se chargent de mettre nos vies en accord avec nos souvenirs d'Ibiza. Le sort se porte d'abord sur David. Un soir, son chemin croise celui de Philippe Fatien. Élégant, perfectionniste, au flair infaillible : il règne sur plusieurs grands établissements de la nuit. À dix-huit ans, il était vendeur à la criée. Il a gravi les marches pas à pas et vient de racheter le Central, qui deviendra le Queen. Fatien souhaite développer le lieu, calquer l'ambiance sur celles des Folies Pigalle. Il veut du grandiose, du magique. Il offre à David et Kien la fonction de directeurs artistiques, leur propose d'amener avec eux l'intégralité de l'équipe et de mettre des bureaux à leur disposition. Le salaire sera bien entendu confortable. David accepte. Je me souviens des soirées romaines composées de tableaux vivants chorégraphiés par Rheda, dont le danseur fétiche était Kamel Ouali. Des bidets remplis de fruits étaient disposés tout le long de l'escalier. David sera le premier à faire venir des DJ étrangers, tels que David Morales, Little Louis Vega, Roger Sanchez ou Erick Morillo. Et Chris, mon frère, que David a surnommé la « machine à danser » ! Il est aux platines chaque lundi, pour la soirée disco. On ignore encore que la vague des DJ stars est partie pour durer. Dans la foulée, Philippe Fatien rachète les parts de Claude Challe, qui n'aime plus les Bains. C'est parfait. David et moi partageons le même patron. Aux Bains, je vois arriver cet homme exigeant, insatisfait chronique, au regard d'aigle. Il vérifie, contrôle. Il connaît son métier par cœur. C'est une leçon professionnelle à lui seul. Et un confort : désormais, à la fermeture des Bains, je peux rapatrier tout le monde au Queen ! Franck et Patty y tiennent le carré VIP. Et David y travaille sans relâche.

C'est au moment où nos emplois du temps commencent à coïncider que David commet un dérapage suffisamment douloureux pour que je claque la porte.

Je suis hébergée chez des amis pendant quelques mois. David ne sait plus quoi inventer pour me convaincre de revenir. Un matin, en me penchant par la fenêtre de l'appartement de la rue de Rivoli, je vois s'étaler sur quinze mètres de trottoir : CATHY JE T'AIME. Les voisins ne parlent que de ça, scandalisés. Heureusement, à part mes amis, personne ne connaît mon prénom dans l'immeuble.

À l'approche de Noël, je rentre dans notre ministudio. Je me frotte les yeux. Des dizaines de ballons ont envahi l'espace. Il y en a partout. J'avance parmi ces grosses bulles suspendues. David me donne le mode d'emploi. Quelque part, sous cet amas multicolore, se cache une grande boîte. Aussi facile à trouver qu'à ouvrir. Ce sont de magnifiques bottes, j'en rêvais, que je retourne dans tous les sens. Mais il y a autre chose, me prévient David, autre chose de presque invisible, accroché à un ballon. Je les palpe tous. J'ai du mal à trouver. Autre chose qui ressemble à une question. Qui est plié en quatre, là, sous mes doigts. Une chose minuscule et immense, aérienne et lourde, légère comme du papier mais qui engage pour la vie.

Je savais que ce serait pour longtemps. David est incapable de faire les choses sans s'y engager tout entier. Cette gravité est à la fois un défaut et une qualité. Un défaut : une fois, j'ai jeté ses vieilles babouches. Deux heures plus tard, nous étions sur le trottoir, penchés au-dessus de la grande poubelle verte. Moi, la mine dégoûtée, j'essayais de le convaincre qu'une paire de babouches n'est pas un enjeu personnel. Lui, furieux, n'écoutait rien, comme si, au fond de la poubelle, gisaient les années durant lesquelles il avait porté ces babouches… Mais, on l'aura compris, ce côté entier relève du miracle lorsqu'il s'agit du couple.

D'abord, je nous voulais fiancés. On peut être oiseau de nuit et vieille France. J'aime bien cette idée rétrograde, un peu poussiéreuse, de promesse de mariage. Comme un avant-goût du grand saut… Que je prépare avec soin. En fait, ma première soirée organisée, c'est mon mariage ! Je le veux somptueux. Nous n'avons pas un sou. Il faut se débrouiller, comme toujours. Contre deux ou trois soirées de mix de David, le propriétaire de la piscine Deligny accepte de nous prêter l'endroit. Un lieu magique amarré sur la Seine en plein cœur de Paris, tout en bois, bordé de cabines. Il nous faut ensuite un buffet, des tables, des chaises, de la vaisselle, des boissons pour sept cents personnes. Le père de David fournit le buffet grâce à son petit restaurant. La vaisselle est offerte par un autre restaurateur, Yvan, une vraie figure de la nuit, qui sort dans toutes les boîtes de Paris en tenue de cuisinier avant de finir debout sur les tables. Philippe Fatien et Hubert Boukobza, nos patrons respectifs, ferment les yeux sur mes accords avec les marques d'alcool, qui arroseront gratuitement la fête.

Pour les faire-part, je repère un petit commerce près de Notre-Dame. La boutique vend des bouteilles en plastique avec un parchemin de pacotille à l'intérieur. J'en commande mille. Le commerçant hallucine. J'enlève les mille parchemins et je glisse à la place autant d'invitations. Ensuite, je passe à la mise sous plis suivie de l'affranchissement…

Reste la fête. Je veux une fête foraine. Une fanfare de guinguette, un accueil en tenue rayée bleu et blanc, des canotiers, des jeux... Quand j'étais petite, j'aimais autant grimper sur les manèges qu'observer les sourires des parents, les rires des gamins. J'appelle Titi Campion à Paris. C'est lui qui nous avait emmenés, David et moi, au mariage de mon frère Jean-Charles. Je lui expose mon projet. Le lendemain, un camion se gare à Paris. Il décharge des machines à barbe à papa, des pommes d'amour, de la guimauve, des nougats... Les gens se mettent en quatre, ce que je n'oublierai jamais. Un client des Bains nous prête sa Rolls-Royce. Au moment de la garer, la poignée de la vitre me reste dans la main. Le client paye et ne dit rien. Ou le DJ Laurent Garnier, déjà star, qui joue un moment gratuitement, heureux pour nous...

David accepte de se marier au temple, près de la Bastille, à Paris. Il n'est pas croyant, encore moins protestant, mais il le fait pour moi. J'ai quand même grandi dans un fief huguenot ! Me marier, c'est rendre hommage à mon enfance, à ce que je suis aujourd'hui. Pour honorer cet instant, la robe doit être sublime. Enfin, les robes. Il en faut deux. Une pour la mairie, une pour la cérémonie religieuse. Je suis traditionnelle jusqu'au bout ! La première est sobre et blanche. Elle vient de chez Thierry Mugler, qui me fait un prix d'ami. Je la porterai avec des petits gants blancs offerts par Claude Montana, client régulier des Bains, et des stilettos Michel Perry, qui, lui aussi, m'a fait remise. La seconde robe signe le grand jeu. À l'entrée du temple, ce 29 juillet 1992, je porte une jupe à volants dégradée, courte devant, finissant en traîne derrière, surmontée d'une ceinture de cuir blanc si large qu'elle fait office de corset. Pour finir, un soutien-gorge en broderie anglaise façon dos nu. Le tout est blanc, signé Azzedine Alaïa. Le plus exquis des couturiers de la mode, capable de regarder une serveuse des Bains comme si c'était Cindy Crawford. Sa gentillesse, une qualité rare dans ce milieu, s'adresse à tout le monde. Aux Bains, Alaïa refusait poliment les honneurs VIP. Il souhaitait toujours le traitement d'un client anonyme.

Quand j'entre dans le temple, la main crispée sur le bras de mon père, mes jambes ont la tremblote. Je viens de passer un sale quart d'heure. David s'est trompé de temple ! Il y a cinq minutes, il était encore perdu dans Paris... Mais il est bien là, au bout de l'allée, son visage tourné vers moi. C'est la première fois que je le vois en costume ! Il est en noir, avec un nœud papillon. Je baisse les yeux et je retrouve mon David. À ses pieds, des baskets noires et blanches. La tendance est lancée ! À cette époque, ce n'était pas à la mode.

Je balaye des yeux l'assemblée du temple. Je suis trop émue pour sourire. Je reconnais Didier, Frank, mes amis de Saint-Tropez, Jean-Christophe Martin, Kien, ma Patty... Et bien sûr ma famille. J'ai économisé pour lui payer le voyage depuis Toulon et louer de belles tenues. Depuis deux mois, ma mère vit ce mariage comme si c'était le sien. Elle me répète chaque jour à quel point ce moment est important, que l'amour n'est pas une plaisanterie... Conclusion : quelques heures plus tard, ma petite maman est hilare sur la piste, dansant comme une folle. Mon père, lui, a caché des bouteilles de champagne sous la table. Il remplit une coupe pour chaque invité qui vient le saluer. La fête est merveilleuse. Tous ceux qui nous soutiennent David et moi, qui croient en nous, s'amusent ensemble. Je revois Dominique Farrugia, Florent Pagny. Mais aussi la mère de David. Elle jugeait ce mariage stupide, elle a filé à l'anglaise. En revanche, la grande surprise, c'est le père de David. Au milieu de la nuit, il se déshabille et saute dans la piscine. David est mort de honte. Moi, je suis morte de rire ! Les musiciens de la fanfare, éméchés, sautent à leur tour, nus comme des vers. C'est le bazar, toutes mes fleurs sont volées, des indésirables font un scandale à l'entrée. David et moi, on s'en fiche ! On est heureux.

Nous nous retrouvons dans la Rolls qui nous conduit au Ritz. Vincent Smarella, un des directeurs de l'époque, nous y a offert notre nuit de noces. Je n'ai jamais mis les pieds dans une suite aussi luxueuse. Nous nous allongeons sur le lit immense... et nous nous endormons tout habillés. Finalement, une vraie nuit de noceurs ! Le lendemain, nous sommes assis autour d'un somptueux plateau. Au moment où je découvre la note du petit déjeuner, j'ai un doute : n'aurait-on pas confondu le prix des croissants avec celui de la suite ? Nous n'avons pas un sou en poche. C'est la panique. Nous arrivons à convaincre le Ritz de nous laisser partir, jurant de régler l'addition le jour même. Arrivés comme des princes, partis comme des pirates. D'ailleurs, la piscine Deligny a coulé quelques semaines plus tard !

En cadeau de mariage, le père de David, qui m'a finalement adoptée, complète nos propres économies pour nous permettre d'acheter notre appartement, un ancien atelier de peintre dans le XIIe arrondissement parisien. Cet endroit sombre, situé au fond d'une cour en rez-de-chaussée, nous convient très bien. Finies, les vaches maigres ! Après avoir bourlingué de chambres de bonne en appartements prêtés, d'angoisses du lendemain en incertitudes sur l'avenir, je me suis enfin posée. Ma vie ressemble à ça : je suis mariée à David et j'ai un poste de serveuse aux Bains. Nous gagnons enfin notre vie. Je vis et travaille à Paris, dans l'endroit de mes rêves !

Seule ombre au tableau : à cette époque, j'ai encore le « culte du patron ». C'est toute la différence entre l'esprit d'entreprise et celui d'entrepreneur. J'ai été élevée dans un principe : plaire à mon supérieur. Je prends des initiatives, je fais du zèle, j'éprouve le besoin insatiable qu'on soit fier de moi. J'ai besoin de cette reconnaissance. Encore un héritage des classes moyennes… Cet héritage, je voudrais pourtant m'en débarrasser. Cette force, c'est à David que je la dois. Au bout de deux ans, il a le sentiment de stagner. Le Queen ne lui suffit plus. Il m'en parle d'abord sans s'attarder. Il insiste. Il revient à la charge. L'indépendance est son mot magique. Son sésame. Il est sûr de lui ! Fort de son expérience aux Folies Pigalle, il sait ce que la liberté signifie. Moi, non. J'ai la frousse. Mon poste aux Bains a évolué : Philippe Fatien m'a nommée aux relations publiques. J'ai une vie confortable, j'adore mon métier. Pourquoi tenter le diable ? David me pousse sans relâche : « J'ai fait le tour du Queen. Je ne monterai pas plus haut. C'est le moment d'arrêter les Bains, tu n'iras pas plus loin. On peut avoir notre club à tous les deux ! Cathy, ce serait notre aventure ! » Lentement, l'idée fait son chemin. Un jour, je me décide : mon patron, ça doit être moi.

Nous tapons à la porte du Bataclan. Nous sommes quatre : David, son ami Kien, Franck, mon témoin de mariage rencontré au Bal, et moi. Devant les frères Laloux, patrons de l'endroit, nous exposons nos projets. « On tourne en rond, on voudrait de grandes fêtes, ambitieuses... » Les Laloux nous observent d'un œil mi-intrigué, mi-amusé. La salle est neuve, d'accord. L'acoustique a été refaite, d'accord. Mais enfin, le loyer est exorbitant : cent mille francs par semaine, l'équivalent de quinze mille euros. De plus, nous arrivons avec onze personnes qui ont démissionné du Queen et des Bains. Devant notre enthousiasme, les propriétaires finissent par accepter, médusés. En revanche, nos patrons Hubert Boukobza et Philippe Fatien sont furieux. Non seulement onze employés, du DJ aux serveurs, ont choisi de nous suivre, mais nous créons une concurrence.

Trop tard. Nous sommes lancés. Notre société est montée. Le directeur est nommé : ce sera Didier, qui était barman avec moi aux Bains... avant d'être mon témoin de mariage. Le travail forcené ne me fait pas peur. Encore une caractéristique des petites classes, positive cette fois. À force de voir mon père se fendre pour accumuler les « points de campagne », comme dit le jargon militaire, c'est-à-dire des points de retraite, retrousser mes manches me semble naturel. De son côté, ma mère a travaillé dès sa majorité. J'ai bossé toute ma vie sans penser une seconde que c'était une injustice.

Je découvre cette fameuse indépendance... Et j'y prends goût ! Durant les dix ans qui vont suivre, David et moi travaillerons sans relâche, ensemble vingt-quatre heures sur vingt-quatre. Dix ans de doutes, de prises de risque, de fatigue. Mais quelle fierté de pouvoir se dire : nous ne devons notre réussite qu'à nous seuls !

Pour l'instant, l'enjeu est de taille. Le Paris nocturne ne parle que de ça. Chacun attend la première soirée. On nous félicite, on nous encourage. Mais personne ne sait qu'après avoir payé la première semaine de location, nous sommes ruinés. Toutes nos économies ont été englouties. Nous n'avons même pas pu verser une caution aux frères Laloux ! Il faut absolument que l'ouverture soit une réussite. Et puis, nous avons la responsabilité de onze démissions sur les épaules.

Nous disposons d'un mois pour tout organiser. Un seul petit mois ! Heureusement, l'un des directeurs de l'agence de mannequins Elite nous fait un cadeau. Il propose que Naomi Campbell fête la sortie de son livre et celle de son single au Bataclan. Nous tenons notre événement d'ouverture ! Il pourra drainer tout le milieu de la mode, une belle vitrine pour un lancement.

Notre appartement devient le QG du Bataclan. Une ruche ouverte en permanence. Plus personne ne dort, occupé par la gestion, l'organisation, les décors, les relations avec les partenaires. Comme nous n'avons pas un centime, nous devons rédiger les invitations à la main. C'est-à-dire quatre mille par semaine. Au bout d'un mois d'insomnies et d'angoisse, nous sommes presque prêts. Presque.

Le soir de l'inauguration, je porte une jupe plissée argentée, des talons compensés brodés d'étoiles, et des couettes ! J'accueille les membres de la commission de sécurité qui viennent vérifier les sorties de secours, les extincteurs, etc. Cette visite obligatoire démarre à dix-huit heures. Elle ne devrait pas durer plus d'une heure. À dix-neuf heures trente, ils sont toujours là. Toute l'équipe attend sur le trottoir, le matériel sur les bras. Les canapés sont posés sur le bitume, ainsi que les machines à cartes bleues, les bouteilles, les verres... Lorsqu'enfin la commission quitte les lieux, chacun se précipite pour préparer la salle. Voyant la panique, les frères Laloux proposent de nous aider. Pendant que nous montons le club, ils s'occupent de la sécurité à l'entrée. Nous attendons tellement de monde qu'il a fallu placer des barrières devant les portes. Or, les frères Laloux commettent une erreur que personne ne relève. Peu habitués au clubbing, ils installent les barrières comme à l'entrée d'un concert, sans prévoir un couloir de dégagement pour les refoulés. Problème : cette soirée est une inauguration. La clientèle sera donc munie d'une invitation mais les indésirables seront nombreux.

À minuit, entre République et Bastille, les voitures n'avancent plus. Les beaux quartiers se sont déplacés jusqu'au boulevard Voltaire. C'est la ruée. Tout le monde tente de s'engouffrer. Le physionomiste refuse ceux qui n'ont pas d'invitation. Mais, pour eux, impossible de rebrousser chemin : mille personnes attendent derrière. Alors ? Ça bloque. On crie. Debout devant la foule, j'essaie de calmer les esprits. Je récolte quelques crachats. Une main furieuse m'attrape les cheveux et me tire vers l'avant. La sécurité bondit. C'est une catastrophe.

J'ai pu faire passer les stars par la sortie de secours mais, au final, sept cents personnes sur les deux mille attendues ont pu rentrer. Les autres vocifèrent dehors, dans une atmosphère hystérique : « Vous vous prenez pour qui ? » Personne n'a jamais vu une erreur aussi grossière. Et personne n'a jamais vu un lancement aussi désastreux.

Le Tout-Paris choisit le boycott. Ceux qui nous avaient félicités, encouragés, se mettent à nous détester. On dit : « Qu'est-ce qu'ils croient, les Guetta ? Même pas capables d'organiser une entrée. » Je n'en dors pas. Je ne peux pas payer la seconde semaine de location du Bataclan. Heureusement, les Laloux, conscients de leur bévue, nous comprennent.

Nous voilà obligés de chercher une autre clientèle. Moins sollicitée, moins riche, mais prête à venir danser chez des black-listés. David et moi, aidés par l'équipe, nous nous partageons les quartiers : Marais, Bastille, Étienne-Marcel... À grand renfort de flyers distribués par tonnes, nous essayons de toucher les gays, les clubbeurs anonymes, les amoureux de la nuit. Mais ça ne suffit pas à rembourser nos dettes. Les banques nous courent après. Quant à gagner de l'argent, c'est un rêve !

D'autant que Philippe Fatien, le patron du Queen, joue le jeu de la compétition. On ne défie pas impunément le maître de la nuit... Nous fantasmons. Certaines marques d'alcool ont gelé leurs budgets promotionnels pour nos soirées du Bataclan. Et si Philippe Fatien ou quelqu'un d'autre les avait appelées ? Nous imaginons le pire : plus de sponsors pour organiser des fêtes grandioses. Quelqu'un aurait-il prévenu les marques qui accepteraient de nous soutenir qu'elles ne seraient plus servies ailleurs ?

Le salut viendra d'une grande marque de champagne qui se moque des ragots et nous téléphone pour nous expliquer qu'elle cherche à se tailler une place au sein de la nuit. Si nous servons exclusivement ce champagne, nous récoltons leur budget de communication. C'est un miracle. Cet argent nous permet de régler plusieurs loyers d'avance. Et de préparer des fêtes exceptionnelles. Au bout de quatre mois, notre renommée est faite. Les clubs de Paris commencent à adopter cette marque de champagne. Philippe Fatien observe, surpris, notre remontée en flèche.

Les affaires repartent, mais à quel prix ! Chaque soir, je tremble. Car il en faut, des efforts, pour transformer le Bataclan en club. À la base, c'est une salle de concert. Nous sommes obligés d'attendre la dernière minute pour tout installer. Quand Jane Birkin chante, je sais que la salle sera libre dans les temps. Mais quand il s'agit de Youssou n'Dour, il ne faut pas y compter avant minuit ! Je dois réorganiser le club en un temps record. Je sors les nappes et les bouteilles cachées sous la scène. Le bar est sur roulettes. Ensuite il faut régler les lumières... En oubliant que 1 500 personnes se pressent devant les portes. Les DJ se plaignent du manque de décibels. Il n'y a pas de chauffage l'hiver, pas de climatisation l'été. Un petit vestiaire. On se débrouille avec les moyens du bord.

David et moi n'avons aucune assistance, pas de gestionnaire, pas même un bureau. Nous apprenons dans l'urgence à gérer une équipe, la sécurité, l'acoustique, les relations publiques... Un état de survie permanente. La pression est telle que nos deux associés nous lâchent. Kien s'éloigne lentement. Et Franck nous prend pour des fous ! Nous-mêmes avons du mal à tenir le rythme. Privés de sommeil, nous perdons notre optimisme, au point de regretter l'époque où nous étions employés.

Heureusement, la rumeur court dans Paris : les fêtes du Bataclan valent le détour. L'une des plus mémorables reste l'after-show du dernier défilé du couturier Thierry Mugler. Il nous avait choisis pour cet anniversaire. Tous les clubs parisiens en rêvaient. Thierry passait sa vie entre les États-Unis et la France. Il comprenait parfaitement nos concepts de soirées, attentif à notre évolution « à l'américaine ». Sans être un ami intime, il suivait notre réussite. Je me souviens de lui, un été, à Mykonos, entouré de ses amis. Il était aussi charmant qu'imprévisible. Il détestait attendre. Il commandait son menu par téléphone et se débrouillait pour arriver au restaurant en même temps que son plat. Très calé en musique, il orchestrait ses shows aussi délirants qu'une superproduction hollywoodienne. L'anniversaire a donc commencé par un défilé somptueux organisé au Cirque d'Hiver, avec Adriana Karembeu, Estelle Lefébure, Iman Bowie... Pour la clôture, James Brown a offert un concert privé, dansant frénétiquement parmi des stripteaseuses venues de New York. Cette nuit-là, toutes les lumières du Bataclan étaient bleues, couleur fétiche de Thierry Mugler. Et chacun est reparti avec des tee-shirts designés pour l'occasion !

Dès mes premières soirées parisiennes au Bataclan, j'ai fait venir ma mère. Je lui ai proposé de vendre des cigarettes et des bonbons. Par la suite, on me l'a beaucoup reproché. On disait que c'était une honte, un acte déshonorant. Qu'on ne calait pas sa mère derrière un panier à l'entrée d'un club. Les gens sont toujours les premiers à juger sans connaître les motivations profondes. Ils ignoraient la tristesse de ma mère depuis mon départ pour La Réunion, avec mon frère Chris. Ses enfants lui manquaient. Jean-Charles faisait sa vie… Elle avait mon père, bien sûr, mais qui n'est pas très bavard. Il se levait très tôt et passait ses après-midi au cercle des officiers mariniers. Ma mère restait seule de longs moments. Elle avait toujours aimé danser. À soixante-cinq ans, elle pleurait sur ses soirées vides.

Un jour de 1994, je l'appelle comme chaque semaine. Elle articule mal. Sa voix est cotonneuse. Ça ne lui ressemble pas du tout. Je flaire un problème. Impossible d'obtenir une réponse claire : elle ne comprend pas mes questions. La panique monte en une seconde. Affolée, j'arrive à joindre Jean-Charles. Il ne peut pas quitter son garage tout de suite, mais promet qu'il terminera plus tôt pour aller jeter un œil.

Il m'appelle le soir. Il a découvert notre mère presque inconsciente. Les choses se précipitent. Hospitalisation, lavage d'estomac… Je suis effondrée. L'image de ma petite maman qui « voulait juste dormir », comme elle dit, accablée de solitude, me ronge. Où est la femme volubile et énergique que je connais ? Alors, lorsque six mois plus tard David et moi prenons le Bataclan, je lui propose de l'emmener. J'ai un peu peur de sa réaction. Or, elle accepte immédiatement !

Depuis le pressing à Dakar, elle n'a jamais eu l'occasion de retravailler. Pour elle, activité professionnelle rime avec utilité sociale, mais surtout avec indépendance. Elle a tant vécu dans l'attente de mon père et dans la débrouille quotidienne que l'indépendance est devenue sa valeur sacrée. Elle rêve de disposer d'un peu d'argent, même d'une somme minime, qui n'appartiendrait qu'à elle.

Sa première peur, c'est Paris. Paris et ses rues sombres, son immensité. Je crois qu'un safari en pleine jungle l'aurait moins effrayée. Pour le moment, il faut lui trouver un logement. Nous avons un canapé-lit dans notre appartement. David accepte tout de suite de l'héberger. Ça durera trois ans. Pour les cinq années suivantes, je lui trouverai un studio. Quand l'aventure du

Bataclan s'est achevée, ma mère m'a suivie. Toujours avec sa corbeille et ses commentaires : « Il était bien, ce DJ... », « Elle était pas un peu bizarre, la clientèle, ce soir ? »

Elle tenait une sacrée forme : à soixante-cinq ans, elle découvrait le monde de la nuit ! Elle arrivait à Paris le jeudi. Les trois nuits suivantes, elle tenait son petit stand de cigarettes et de bonbons. Le dimanche matin, quand elle repartait, elle somnolait dans la salle d'embarquement. Elle voulait absolument commencer la semaine à Toulon pour éviter de nous déranger. « Je me fais toute petite », s'excusait-elle.

Je me souviens de son sourire. Un enchantement, une fierté ! Elle trônait derrière sa corbeille, attentive aux vedettes. Je voyais son regard effaré au passage de Johnny Hallyday, et amusé à celui des drag-queens. Elle commentait les plumes, les talons, le maquillage. « Quel travail ! Je leur tire mon chapeau », résumait-elle, ignorant complètement qui ils étaient. Moi, j'observais l'attroupement autour d'elle. J'entendais son accent du sud, très prononcé. Elle papotait chiffon, épatée par les tenues. Les drag-queens adoraient cette sincérité. S'il existe des gens qui ne se sont jamais sentis jugés par ma mère, ce sont bien les homos. Et la nuit en regorge. Certains gays m'ont confié qu'après avoir été reniés par leurs parents, ils aimaient retrouver le soir une mère respectueuse et sans jugement – la mienne. Elle riait avec eux, heureuse dans cet environnement d'insouciance et de fête. Elle qui commandait tous ses vêtements à la Redoute, qui s'habillait d'un pantalon et d'un « chemisier » sage pour venir au Bataclan, raffolait des frous-frous. Un soir, le thème de la soirée était Sissi impératrice. De vrais chevaux parcouraient le Bataclan. Les gens arrivaient en costume d'époque. J'ai cru que ma mère allait s'évanouir. Elle vénérait le film. Mais parfois, le thème était plus trash. Lors de la « soirée SM », ma mère, imperturbable, commentait les tenues de cuir. Masques, lacets, talons aiguilles… Ça la passionnait ! Il m'arrivait de la retrouver dansant sur la piste, au son de la musique électro. Pour Noël, j'avais invité Boney M. et acheté quatre mille nounours. Des Pères Noël en string lançaient les peluches sur la foule en délire. « Eh bé, c'est d'une beauté ! » s'exclamait ma mère. Les gens hallucinaient sur cette petite dame habillée sagement. Moi, j'aimais simplement l'entendre dire : « C'est d'une beauté ! » Sa présence détonnait, mais elle s'en fichait. Elle s'adaptait à merveille, complètement inattendue dans ce décor. Elle n'oubliait jamais sa lampe de poche pour les soirées black-out. Alors que des milliers de clubbeurs agitaient des bâtons de détresse dans le noir complet, ma mère continuait à vendre sa marchandise avec sa torche.

Je l'observais de loin. J'avais un corset, des cheveux bleus, et j'aimais notre différence. J'aimais qu'elle m'accompagne dans mes premiers pas de la nuit. Je n'étais pas encore très connue. Le défi était de taille : ranimer le Bataclan, distinguer l'établissement des autres, créer des soirées, miser sur un sans-faute... L'opération coûtait cher, en énergie comme en espèces ! Les semi-remorques chargés de décors arrivaient de Belgique dès le matin pour repartir le lendemain. Nous avons fait venir un immense château gonflable, aussi gros que ceux des parcs d'attraction, pour l'installer sur le dance-floor. Pendant un mois, les clubbeurs ont sauté dessus comme des fous, au rythme des DJ. Dès vingt-deux heures, le feu d'artifice démarrait. Chaque soir était à nouveau un pari. Je naissais un peu plus chaque nuit. La renommée s'étendait.

Ma mère a pu assister à mon éclosion professionnelle. Elle ne mesurait pas les enjeux – elle ne retenait que le plaisir de se retrouver, à son âge, entourée de gens extravagants dans une boîte de nuit parisienne ! Le plus important, c'était qu'elle soit là, fronçant les sourcils quand des clients lui parlaient en anglais. « Je comprends rien. Montrez ce que vous voulez », tranchait-elle, vexée de ne pas parler anglais. Puis, hiératique, elle dégainait une pancarte en carton indiquant les prix. Je retournais travailler, heureuse de la savoir intacte, bougonne et craquante, à deux pas de moi. Cette pensée me réconfortait parfois. Ce n'est pas très drôle de découvrir les revers du métier. Certains piquaient dans les caisses. Imaginait-on seulement que, pour payer les salaires, David et moi nous ne pouvions pas toujours faire les courses ? Ma mère se chargeait de remplir le frigidaire grâce aux bénéfices des sucettes et des cigarettes. Je comprenais soudain qu'on ne peut pas faire reposer une entreprise sur l'amitié. Mon côté enthousiaste et confiant en prenait un coup. Il fallait râler, réprimander, sanctionner. Il fallait être patronne.

En attendant, une belle surprise m'attend. Les patrons du Space, le club mythique d'Ibiza, ont quelque chose à nous proposer. Pepe Roselio et Fritz – c'est ainsi qu'ils s'appellent… – ont vu le Bataclan. Ils adorent. Ils nous offrent de réaliser un after au Space, un samedi matin du mois d'août. Ça nous laisse quelques mois. On saute de joie ! David n'en revient pas. Après avoir fermé le Bataclan, de retour à la maison, il répète à voix basse : « Le Space…, le Space… » Le club de référence, qui dispose d'une acoustique irréprochable. Il peut contenir deux mille personnes. À l'extérieur, une terrasse peut en accueillir sept cents. Cette terrasse est parsemée de mobilier en rotin. La cabine du DJ se situe juste derrière le bar.

Plusieurs semaines après, nous y sommes. J'ai retenu une petite maison de trois chambres dans un lotissement de San Antonio. Cet endroit de l'île est encore abordable. On y croise de jeunes anglais. Ils arrivent le matin par charters entiers, font la fête jusqu'au lendemain et repartent. Bilan : une nuit blanche, beaucoup d'alcool et un souvenir en or. Dans cette maisonnette, il y a David, mon frère Chris, un ami Thierry, Patty et moi. Nous commençons la promo de la fête, baptisée Patchouli Party, en référence à l'influence hippie d'Ibiza. Elle aura lieu sur la terrasse du Space. Tous les cinq, nous arpentons Ibiza pour distribuer les flyers. J'organise une mini-parade en ville. Mon petit groupe défile en combinaisons de carrossiers en papier blanc. Vite, on se change dans un hall d'immeuble et nous voilà repartis annoncer la bonne nouvelle chez les commerçants, le long des plages, dans les bars... Le bar le Dôme, le restaurant L'Éléphant ou Boris, du lounge KM 5, nous assurent une publicité d'enfer, par simple affection. L'Éléphant est géré par un français, Bruno Reymond. Je le connais depuis Saint-Tropez. Ce féru de déco a lancé son restaurant tapissé de grandes fresques d'éléphants pour en faire un des meilleurs de l'île.

À sept heures du matin, le fameux samedi, personne n'a dormi. Après avoir passé la nuit au Pacha pour draguer les dernières personnes susceptibles de venir, nous sommes épuisés. Thierry, l'ami de Chris, a les nerfs qui lâchent. Il refuse de nous parler. Il s'enferme dans une voiture sur le parking du Space et s'endort aussitôt. Postée sur la terrasse, j'attends les premiers clients. J'ai hâte de leur donner des colliers de fleurs en papier achetés à Paris. J'en ai apporté trois cents. Je connais les délires du Space, j'ai hâte que la fête commence ! Elle démarre, mais au-dessus de ma tête. Concert de nuages et, en guise de confettis, des milliers de gouttes d'eau. La vraie pluie tropicale en invitée d'honneur ! Pour le final, le déluge s'abat sur la terrasse. Mes espoirs se noient lentement. L'île s'est vidée en une seconde. Ici, la pluie ressemble à un couvre-feu. La petite centaine de personnes qui s'est déplacée l'a fait par pitié. Les gens du Dôme, venus nous soutenir, ont même enfilé les colliers qui, mouillés, déteignent sur leurs vêtements. J'ai tellement honte que je me terre dans un coin, le visage caché. Je pleure de rage et d'impuissance. La main de

Pepe Roselio, posée sur mon épaule, m'oblige à me tourner vers lui. Ce grand bonhomme aux cheveux grisonnants, qui ressemble plus à un notaire qu'à un patron de boîte de nuit, murmure des mots rassurants. Pour lui, cet after tombé à l'eau n'est qu'un essai. Il aura d'autres occasions de nous aider. Il a confiance en nous. Il connaît notre travail parisien. Assise devant un chopito de manzana verde, cet alcool espagnol sucré, je me sens ragaillardie. Ce n'est que le début. Nous avons tant de choses à construire pour honorer la nuit. Le meilleur reste à venir.

David et moi sommes sûrs d'avoir rêvé. Ce n'est pas possible. Mais si. Si, c'est bien lui. Philippe Fatien en personne, au Bataclan. De loin, je vois sa silhouette passer entre les tables. La chemise impeccablement coupée, les cheveux plaqués en arrière – et un regard d'aigle qui nous cherche, David et moi. Les initiés se donnent des coups de coude, s'envoient des clins d'œil. Philippe Fatien ici ? Qu'est-ce qu'il veut ? D'abord nous féliciter. Superbe travail pour le Bataclan, dans un quartier qui d'ordinaire ne draine pas une clientèle chic, dans un endroit qui n'est pas un club… Bravo, bravo. Mais encore ? Nous faire une proposition. Encore ? Écoutez bien. Le Palace est à reprendre. Trop de dettes, pas assez de monde.

Ils sont deux sur le coup. Philippe Fatien d'une part, et en face, Thierry Kléminiuk, du Central, associé au chanteur de Simply Red, Mick Hucknall. Les deux parties s'apprêtent à passer devant le tribunal de commerce avec chacun un dossier de reprise. Philippe Fatien précise que, dans son dossier, nous serons directeurs artistiques du Palace. Mieux, si nous redressons le bateau, nous devenons actionnaires du club à 25 %.

Or, Thierry Kléminiuk nous a fait exactement la même proposition. Neutralité, donc. Quoique. Si Philippe Fatien pouvait gagner, ça m'arrangerait. Malgré sa colère lors de notre départ pour le Bataclan, il reste celui qui nous a mis le pied à l'étrier. Sans lui, je n'aurais pas eu ce poste de relations publiques des Bains, et David n'aurait pas été nommé directeur artistique du Queen. Mauvaise pioche : le tribunal désigne Kléminiuk et Mick Hucknall comme nouveaux patrons. À partir de là, l'administrateur judiciaire compose deux équipes. Celle de Kléminiuk et nous d'un côté, celle de Régine et Didier Vérité, le directeur du Palace et homme de confiance de Régine, de l'autre.

David et moi sommes fous de joie et d'angoisse. D'abord il y a le lieu. J'ai déjà pu l'approcher en attendant Jean-Christophe Martin ou en travaillant au Kit Kat, mais jamais d'aussi près. Le Palace est intimidant. Le célèbre couloir, très long, bordé de vitrines, débouche sur une piste en parquet. Je regarde les balcons en hauteur, les mezzanines, la scène, les dorures, les rideaux rouges, le plafond peint. Au-dessus, se trouve un espace appelé le Fumoir. En dessous, le Privilège. Lors des afters, ce Privilège change de nom et s'appelle le Kit Kat… En tout, l'endroit peut contenir trois mille personnes. Deux fois plus qu'au Bataclan. Mais le Palace, c'est bien plus qu'un endroit. C'est un mythe né dans les années disco dont l'égérie, Grace Jones, traduit toute la démesure et le glamour. Ce mythe fut entretenu et sublimé par Fabrice Emaer. Le premier à avoir bousculé les codes nocturnes. D'abord, installer une boîte de nuit dans un théâtre… Superposer deux espaces aux ambiances différentes. Ensuite, brasser la clientèle. Ça n'a l'air de rien, mais ce fut une révolution. Personne n'avait essayé de mélanger le chef étoilé et son commis, la milliardaire et la caissière, le chanteur et ses choristes. Jusqu'à présent, les boîtes de Paris fonctionnaient sur le principe insidieux du ghetto. Il y avait des clubs gays déjantés, des chics élitistes, des clubs rives gauche comme Castel. Fabrice Emaer, lui, a décidé que la nuit appartenait à tout le monde. Sa seule condition, c'était que tout le monde fasse un petit effort pour mériter la nuit. Le Palace ne fut ni plus ni moins que le point de départ d'une démocratie nocturne. À partir du moment où les gens soignaient leur tenue, ressentaient une joie sincère à franchir les portes du club, daignaient poser un pied sur le dance-floor, le contrat était rempli. Chacun était uni par le sens de la fête. Les frontières sociales se diluaient dans cet enthousiasme commun. C'était énorme et ça fit le tour du monde, à commencer par New York où le fameux Club 54 inaugura ce même principe au même moment.

Hélas, cette folie dura peu de temps. Quand Régine racheta le Palace dans les années quatre-vingt-dix, elle fit parfaitement ce qu'elle savait faire : un endroit intimiste, réservé – élitiste. Les voix baissèrent d'un ton. Les princesses et les milliardaires avaient beau y refaire le monde, ils n'étaient pas assez nombreux pour remplir le Palace tous les soirs. Les dettes s'accumulèrent. Jusqu'à l'hypothétique revente à Thierry Klémi-niuk et Mick Hucknall.

David et moi réfléchissons tout l'été. Faut-il ressusciter le mythe, jouer les prolongations et marcher dans les pas de Fabrice Emaer ? Ou bien inventer autre chose ? Nous optons pour la nuit Guetta. Elle existe depuis le Bataclan. Cette nuit mêle des DJ stars de musique électronique, de grandioses décors, une clientèle disparate. Capable de réunir deux mille personnes en un soir, elle a réinventé le délire, l'outrance, le décalé. Pour elle, nous avons enfin un réel outil de travail : le Palace n'est pas une salle de concert. Il dispose de vestiaires, d'un vrai sound system, d'un long bar. Musique !

Avec le Palace, nous entrons dans la cour des grands. Reprendre une légende nous assure une vraie notoriété. Nous incarnons la nouvelle génération de la nuit. Notre liberté est illimitée. En tant que directeurs artistiques, nous n'avons aucun souci de gestion, de comptabilité, contrairement au Bataclan. Notre rôle, c'est d'être créatifs. Personne ne nous demande d'être patrons. À ce moment-là, je réalise combien les gens nous suivent. Ils sont des milliers à avoir investi le Bataclan, puis à envahir le Palace. Au gré de nos vies professionnelles, ces amoureux de la nuit sont d'une fidélité hors pair. Il y a les clubbeurs et clubbeuses anonymes, les stars, les habitués, mais aussi les intervenants extérieurs comme les graphistes, les imprimeurs, les décorateurs. C'est avec eux que je partage mes plus beaux souvenirs. En vrac, ils se bousculent.

Pour l'inauguration, nous faisons appel à notre graphiste surdoué, Michel Poulain, surnommé « la shampouineuse ». Avec lui, nous avons acheté des centaines de gants de vaisselle en caoutchouc rose avant de coller, sur chaque annulaire, des bagues en plume découpées dans des boas.

À la veille du lancement, David et moi nous retrouvons enfermés dans une pièce avec 15 gars de la sécurité, de l'équipe de Régine, remontés comme des pendules. Devant cette muraille de torses frôlant chacun les 1,90 m, nous tentons le dialogue. Mais la seule chose que nos adversaires répètent, c'est : « Demain, les Guetta, vous n'ouvrez pas les portes. » Nous parvenons finalement à comprendre leur colère. Primo, beaucoup n'ont pas touché leur salaire. Deuxio, beaucoup n'apprécient pas que nous arrivions avec nos agents de sécurité. C'est pourtant une règle. Je n'ai jamais ouvert un endroit sans ma propre équipe de sécurité. Chaque fois, je fais appel à la même société, dirigée par un prénommé Polo le Corse. Tout un programme, mais tout un savoir-faire aussi. Le physionomiste, Jacques, connaît David depuis longtemps. Il sait ce que nous attendons : réussir à sélectionner des différences qui s'accepteront, au moins le temps d'une fête.

Après des heures de discussion, de plaidoiries, de négociations financières, les gros bras de Régine acceptent de travailler avec notre équipe, et d'ouvrir les portes le lendemain soir. Ils nous font confiance.

Je porte un carré de cheveux bleus. Des cuissardes en vinyle à fermeture éclair. Une petite robe trapèze entièrement imprimée de têtes de bébés. David aussi s'est looké : un pantalon moulant, un tee-shirt cintré à gros logo et une nouvelle coupe de cheveux. Ils sont blonds platine, hérissés comme des piques sur lesquelles sont enfilés des écrous !

Je n'oublierai jamais son regard durant toute la période du Palace. Pour la première fois, David dispose de ses outils dans un endroit qui lui appartient presque. Il impose sa musique électro. Il est la pièce maîtresse du Palace, conscient que la direction artistique pèse dans la renaissance du lieu. Je l'observe penché sur ses platines. Il tient la foule dans ses mains. Il relève le visage, il transpire, nos yeux se croisent, il replonge, comme s'il avait aspiré une goulée d'oxygène. David en apnée parmi ses disques, dans sa bulle sonore.

Il faut être solide dans un milieu fondé sur la séduction. Implicitement, les règles du jeu sont données. Chargée de l'accueil et de l'image du club, je dois être séduisante, rigolote, disponible. Les garçons m'approchent, me collent un peu, me draguent gentiment. David a confiance. Lentement, la nuit nous apprend à caler notre couple. Un chanteur ou un acteur dispose toujours d'un filet. Sur scène, les gens regardent sans toucher. Dans un club, il faut au contraire jouer sur la proximité, supporter les familiarités. Accepter qu'on vous crie dans l'oreille, que l'on vous attrape par le bras, que l'on fasse des remarques sur votre poids, la couleur de vos cheveux, votre tenue… Il n'y a aucune frontière avec le public. David et moi le savons mieux que personne. Nous connaissons intuitivement les limites. Cet accord tacite nous a épargné bien des scènes de jalousie. Nous ne nous sommes jamais disputés à ce sujet tant les choses sont claires. De l'indépendance d'accord, mais associée au respect. Et une passion commune pour la nuit. On s'est rencontrés grâce à elle, on lui doit bien ça.

Autour de nous, la salle explose. J'ai fait installer des carrés VIP en bordure du dancefloor. Le Fumoir est devenu un club à part entière, géré par Pedro Winter. Il n'est pas encore manager des Daft Punk. Il se promène avec un étrange sac à main puisque c'est un baril de lessive ! Selon les soirs, il est vêtu de vert chlorophylle ou de rose fluo. Il n'enlève jamais ses énormes lunettes. Pedro ramène tous ses copains et personne ne paye. Les Daft Punk mixent régulièrement, avec Étienne de Crécy, Cassius ou Dimitri from Paris. C'est l'endroit le plus branché de Paris. Le samedi soir, Pedro est remplacé par le coiffeur Thierry Molina. Son réseau couvre la mode et le design. Il est fan de Pussycat Killkill, de Russ Meyer. Il draine une clientèle d'afters.

Le dernier balcon est surnommé le club Kids. Les plus jeunes sautent partout. Ils viennent d'écoles de stylisme. De ravissantes jeunes filles arborent des robes en plastique et des colliers en bouchons de liège ou des guirlandes de Noël branchées sur une petite batterie qui clignotent toute la nuit.

Lors de l'inauguration, une voiture passe à toute vitesse devant le Palace. Par la vitre ouverte, une main lance un cocktail Molotov. Ça explose. La foule hurle et se bouscule. Bilan : un blessé et une panique sans nom. Je ne le sais pas encore, mais ce genre de délits deviendra monnaie courante. Installé dans un quartier « chaud », le Palace en fait les frais chaque nuit. Les petites rues aux alentours regorgent de bouis-bouis ouverts tard, qui drainent des délinquants en mal de sensations. Le cortège de voitures, de belles filles et de clubbeurs représente une cible idéale. Certaines nuits, nous devons faire raccompagner nos clients par nos vigiles jusqu'à leurs véhicules !

Ma mère a installé sa corbeille à l'entrée de la grande salle. Elle découvre la différence avec le Bataclan. Je la revois bouche bée, face à la salle immense et bondée. Très vite, elle s'adapte. Quinze nuits plus tard, elle reconnaît la clientèle. Elle voit passer la crème de la musique électronique, celle du vendredi, pour la soirée de Pedro. Elle s'amuse des « soirées doubles », qui consistent à venir accompagné par quelqu'un habillé exactement comme soi. Ce concept, lancé par Thierry Molina, enchante ma mère. Parfois elle somnole sur sa corbeille. On vient me prévenir. Je la réveille doucement. « Rentre dormir, maman. » Elle sursaute et lance, avec son accent méridional : « Pas de favoritisme ! »

À la soirée Vivienne Westwood, les mannequins se lâchent complètement. Elles libèrent la tension accumulée pendant les défilés.

Pour mon anniversaire, un gigantesque gâteau en bonbons est suspendu au plafond. Dessiné et réalisé par Perry Cochin, la fondatrice de la Tarte aux Bonbons, il est descendu et chacun prend sa part. J'organise une parade façon Walt Disney, avec des figurants déguisés en écureuils ou en lapins.

Susan Bartsch, reine de la nuit new-yorkaise, est venue avec sa bande, dont Lady Bunny et Miss Amanda, des transsexuelles ultra-sophistiquées. L'une des filles envoie des balles de ping-pong depuis sa culotte.

Pour la soirée ManuMission, Chris a installé ses platines dans le couloir qui mène à la piste. Les clients sont accueillis au son disco. À l'intérieur, de grandes ombres chinoises projettent sur les murs un couple qui simule l'acte sexuel. Ce couple d'Anglais, c'est Mike et Claire. Elle, très pâle, rousse aux cheveux bouclés. Mike, aussi grand qu'elle, porte un bouc. Son accent anglais fait chavirer les filles. Ils ont bousculé les codes du clubbing avec leur soirée ManuMission, organisée chaque lundi au Privilège à Ibiza. Pas de DJ star, mais un numéro érotique : allongés sur une scène, parfois enveloppés de cellophane, Mike et Claire sont complètement nus. Autour d'eux, virevoltent des acrobates, des funambules, des danseuses seins nus… Le show est réglé au millimètre. Porté par le succès inouï de cette fête, le couple a investi beaucoup d'argent dans le spectacle. Résultat : trois heures d'attente devant les portes du Privilège. David et moi connaissons bien Mike et Claire. Il y a dix ans, ils nous avaient proposé de remplir l'espace VIP du Privilège lors de la soirée ManuMission dédiée à Paris. Il était naturel de rendre l'invitation… À notre tour, nous les avons conviés au Palace. Les branchés n'en croient pas leurs yeux !

Pour honorer la venue du DJ Carl Cox, le Palace est recouvert de blanc, des tables au plafond. Des canons à neige soufflent toute la nuit.

Dans la nuit du 31 décembre 1995, un homme arrive devant le Palace armé d'un fusil à pompes. Il réussit à tirer plusieurs coups dans la porte. Jean-Claude, de l'équipe de sécurité, lui saute dessus pour l'immobiliser. Personne ne sera blessé.

Un an plus tard, remontant de Toulon après les fêtes familiales de Noël, je suis contente de savoir que le chiffre d'affaire du Palace a augmenté de 100 % par rapport à l'année précédente. La presse ne tarit pas d'éloges sur notre travail. La France entière a entendu parler de ces fêtes, qui aimantent un public chaque soir plus nombreux. Et pourtant, le 27 décembre, des huissiers mettent le Palace sous scellés. Le choc. Le plan de continuation, pourtant bien amorcé, est contesté par le tribunal. Je n'y comprends rien. La police est pourtant claire. L'aventure est finie. Je supplie, j'essaie de gagner du temps. Peine perdue. À minuit, le Palace ferme ses portes au nez de 3000 personnes. La soirée était prévue pour la venue exceptionnelle au club de Ministry of Sound. David et moi nous hissons sur un tabouret pour expliquer à la foule que nous n'avons aucune explication. Je suis en larmes. Derrière moi, l'équipe est hagarde.

Depuis, le Palace n'a plus rouvert ses portes.

Pour le moment, je descends de mon tabouret. Les huissiers m'ont ordonné de vider les bureaux. Je rentre chez moi hébétée, les bras chargés de cartons. Ma mère porte sa marchandise. David a les mâchoires serrées. Nous marchons comme des ombres vaincues. Chaque pas me ramène à l'histoire du Palace. Je pense à notre espoir d'en faire un club international. Aux affrontements entre les deux équipes, l'ancienne et la nouvelle, au rôle d'arbitre qu'il fallait tenir. Aux dix chambres d'hôtel mitoyennes au Palace, louées à l'année, afin d'éviter les plaintes pour nuisances sonores. Aux efforts déployés pour attirer nos clients dans ce quartier sensible. À toutes nos belles soirées. Bref, je pense à l'endroit, à nous. Je m'écroule sur le canapé. David à mon côté.

Nous passons une nuit entière à cogiter, à nous demander comment prévenir les 5 000 personnes qui ont reçu l'invitation pour fêter le nouvel an. L'invitation était un bracelet. La fête devait durer jusqu'à midi.

Au matin, nous essayons de nous reprendre. Il doit bien exister une solution. Nous cherchons des salles à louer. Mission impossible en trois jours. C'est David qui a l'idée : les Bains-Douches. Je suis sceptique. On a fait beaucoup de mal aux Bains. Le Palace a aimanté toute la clientèle nocturne de Paris. Et puis, la nuit des années quatre-vingt-dix veut de la magie, du mélange, elle ne veut plus de clubs fermés. Mais, en désespoir de cause, j'appelle Hubert Boukobza. Il décroche. Il est à Marrakech. Je respire à fond. Voilà mon deal : j'occupe les Bains à partir de cinq heures du matin et pendant vingt-quatre heures. On partage les recettes 50-50. Hubert accepte aussitôt.

Le temps de prévenir nos clients de cette installation temporaire, l'affaire est dans le sac. La nuit du 31 se déroule comme prévue. C'est un énorme délire. Hubert voit son chiffre d'affaire exploser en vingt-quatre heures ! Cette fois, c'est lui qui nous rappelle pour nous inviter à traiter avec lui. David et moi sautons dans un avion. Direction La Mamounia, luxueux hôtel de Marrakech. Nous nous retrouvons autour d'une table et de quelques rafraîchissements, avec Hubert et Gérald Marie, le patron de l'agence Elite. Ce dernier pousse Hubert dans ses retranchements. Il nous propose de devenir copropriétaires des Bains-Douches. Nous avons carte blanche pour le personnel, la déco, la clientèle. Hubert nous offre, au départ, 10 % de parts sociales. D'année en année, en regard du bilan, les parts augmenteront. Mais le club compte 12 millions de francs de dette…

Nous revenons en France gonflés à bloc. Et de trois ! Après le Bataclan, le Palace, voici les Bains !

Bien sûr, devenir co-propriétaire des Bains, après y avoir été barmaid durant cinq ans, en dit long sur le chemin parcouru. Reste que cette trajectoire a son lot de difficultés. Les Bains n'y échappent pas.

Rebelote ! Pour notre lancement, un petit malin a trouvé le fonctionnement des boîtiers d'alarme en cas d'incendie. La sirène se met en marche, la musique s'arrête, les lumières s'éteignent et les gens paniquent. Le scénario se répète quatre fois dans la nuit. Je suis folle de rage. On n'a jamais mis la main sur le coupable.

Ça, c'est le hors-d'œuvre. La suite est plus consistante. La clientèle traditionnelle a littéralement fui à notre arrivée. Je la comprends. On amenait tous les clubbeurs du Palace, un nouveau personnel, de nouveaux privilèges, un nouveau style musical. Nous avons fait scandale en écartant la physionomiste historique du club. Elle imposait sa loi. Un client riche et looké entrait à coup sûr. Un musclé en Marcel, tendance gay friendly, n'avait aucune chance. Dans ces cas-là, elle claquait la porte au nez du pauvre recalé. Ses humiliations avaient fini par décourager une nouvelle clientèle, peut-être moins fortunée, parfois homo et souvent très bon enfant. Licencier cette vigie mythique fut perçu comme un acte sacrilège. Avec nous entrait un joyeux désordre qui tranchait avec l'ambiance compassée des Bains.

David lance les soirées Supafly. Elles ont lieu le mercredi. Elles sont dédiées au R'NB et au hip-hop, que nous adorons. Cette musique explose en France. Très vite, les Supafly attirent la crème du genre. Le groupe NTM, I am, Mc Solaar, deviennent des habitués. Les démonstrations de danse sont renversantes. Les stars du hip-hop débarquent des quatre coins du monde : Mary J Blige, les Destiny Child, Jay Z… Ces soirées Supafly attirent des bandes de banlieue. Les garçons sont bien habillés. Ils viennent en connaisseurs. Beaucoup cherchent du R'NB de qualité, dans un endroit sûr. Mais certains cherchent aussi le conflit. Très vite, le physionomiste en refoule quelques-uns. Devant ce refus, le mercredi suivant, une quarantaine de jeunes ont investi les trottoirs, bien décidés à nous donner une leçon. En face, la riposte s'organise. L'équipe de sécurité et leurs copains tiennent tête. C'est du règlement de comptes à l'ancienne. La rue du Bourg l'abbé se transforme en OK Corral !

Reste que ces micmacs ne font pas une très bonne publicité. Les Bains sont éreintés dans la presse. Les critiques n'épargnent pas le couple Guetta. À les lire, nous faisons des Bains un « club de banlieue » (comme si c'était déshonorant...). Nous ne sommes pas dignes de cet établissement. Les VIP qui, par hasard et par malheur, viennent aux soirées du mercredi, repartent horrifiés. Hubert commence à râler. Cette fois, David et moi devons nous remettre en question. Va pour les lettres de noblesse qu'il faut recoudre. Nous avons la bonne idée.

Il y a un restaurant et un club répartis sur deux niveaux. Le club sera ouvert à tous. Le restaurant, lui, sera dédié aux VIP. À partir de ce jour, il ferme vers 1 h 30. En une seconde, il se transforme. Les tables sont débarrassées, les lumières tamisées. Mon frère Chris prend les platines. Sa musique est plus généraliste, plus festive. Les clients en redemandent. Au point que Nicole Kidman, qui organise son anniversaire dans un endroit tenu secret, réclame que le DJ soit Chris. Et voilà mon frère embarqué dans un jet privé, assis à côté de Tom Cruise. Joli score pour quelqu'un qui ne parle pas un mot d'anglais ! J'ai installé un deuxième physionomiste en bas des marches du restaurant. Les stars ont enfin leur carré privé, à l'abri des regards. Très vite, elles affluent. Célébrités, top models, acteurs, couturiers... Les Bains redeviennent l'endroit chic du moment sans renier les clubbeurs anonymes. Dans les journaux, les portraits de David et moi s'enchaînent. Cette fois, notre renommée dépasse le cadre de la nuit. De grosses émissions de télévision se penchent sur notre parcours, notre couple, nos méthodes. Notre trajectoire est présentée comme une réussite. Je la savoure sans complexe. Cet état d'esprit m'apporte une certaine aisance avec l'argent. Parce que je l'ai amassé seule, avec mon énergie pour bagage, j'éprouve une joie sincère à le partager. À l'heure des anniversaires et des fêtes, j'adore offrir et distribuer des cadeaux. J'observe la réaction des personnes qui déballent. Je ne m'en lasserai jamais. Longtemps, à chaque Noël, j'étais chargée des cadeaux pour toute la famille. Une affaire d'État ! Je suis capable d'arpenter une ville pour dénicher le présent qui fera plaisir.

À commencer par... une maison ! Pour mes parents. J'économisais chaque mois pour un petit apport. Je savais que mes parents étaient tombés en extase devant une maison que l'agence immobilière leur avait refusée. En une heure, j'avais embobiné l'agent. J'ai pris un crédit. À Noël 1997, j'ai offert la maison à mes parents. Deux chambres sous les toits, une terrasse, un jardin tout autour... Elle est située près du Cap-Brun. Ils ne devaient plus rien à personne. Finis les histoires, les regards des voisins ! J'étais si heureuse que je dansais dans le jardin ! Chaque année, mon père y soigne son potager. Il ne se dispute plus avec ma mère.

Voilà mon seul vice : dépenser mon argent pour faire plaisir. Je ne m'exclus pas, au contraire ! Le shopping est devenu une seconde nature... La nuit m'a appris à jouer sur l'apparence. Lorsqu'on accueille une clientèle, on ne peut pas afficher sans cesse la même dégaine. Au fil de mes établissements, j'ai garni ma garde-robe. Je dois surprendre chaque soir. Rien de difficile : j'ai, dans ma vie depuis dix-neuf ans, le même amoureux. L'étonner tous les jours est un pli à prendre... J'aime changer de look, de silhouette, guetter les tendances, surveiller la mode. Personne ne fouine autant que moi dans les boutiques ! Peu importe l'enseigne. H & M. ou Montaigne... Peu importe la ville, même si j'ai un faible pour le shopping à l'étranger. J'y trouve des accessoires et des vêtements que les autres auront du mal à dénicher. Ça m'apporte un petit plus, une originalité qui attire les compliments. La stratégie est identique, à Londres comme à New York. J'effectue d'abord des repérages, puis je choisis, et j'attends l'avant-dernier jour (le dernier jour sert à échanger) pour passer à l'attaque. Je sais d'avance que je ne jetterai rien. Chez moi, les placards sont pleins à ras bord. La penderie de l'entrée abrite mes chaussures, le dressing de la chambre protège mes sacs rangés par couleur... Souvent mes articles fétiches ne sont pas siglés. J'aime la fantaisie, la pacotille, le toc, le strass ! Avoir grandi dans le dénuement rend lucide. La valeur d'une personne ne dépendra jamais des marques. Et je préfère m'amuser plutôt qu'être une femme-sandwich.

Pendant longtemps, beaucoup de gens étaient sûrs que je me droguais. Ils disaient : « Comment tenir dans un milieu comme la nuit ? Comment fait-elle pour être aussi en forme avec ce rythme infernal ? » Ma seule drogue, c'est le passage en caisse ! Lorsque le ticket sort de la machine, je sors ma carte bleue. Rush d'adrénaline garanti ! Pourquoi ? parce que je peux payer. Parce que j'y vois une récompense à mon parcours. Je n'essaie rien. Je sais au premier coup d'œil ce qui me va. Et puis je me souviens de ce que disait ma mère sur les portes cachées des cabines d'essayage ! Je l'ai vue aussi, toute mon enfance, comparer les prix. Moi, je ne compare pas. Suprême bonheur ! Les doigts de la vendeuse tapent. Elle me regarde droit dans les yeux et m'annonce le prix. Je tends ma carte et… elle passe ! Je suis fière. Cet argent, je l'ai gagné. J'ai cumulé le stress, les privations, la fatigue, attendu quinze ans pour faire un enfant, alors je peux m'offrir ce confort.

Je m'active pour trouver les sponsors, organiser les avant-premières de films, les lancements de produits de luxe… Les marques ont souvent des idées délirantes. C'est un bonheur de les concrétiser ! Une grande marque de cosmétiques m'appelle pour organiser une soirée, elle a en tête de transformer le premier étage des Bains en parfumerie géante. Et c'est ce qu'on fait. Les clients repartiront avec des sacs remplis de produits. Les filles virevoltent, réalisant le rêve de se servir à volonté. Elles pillent les rayons avec un grand sourire ! Voilà pourquoi j'adore l'événementiel, un secteur qui mêle le fantasme et sa réalisation. Je négocie avec des patrons de maisons de disques, des directeurs d'agence de mannequins, des producteurs et réalisateurs de films. Je les connais bien. Souvent, j'ai démarré en même temps qu'eux ! Tel pigiste est devenu un journaliste incontournable, un chef de produit a été propulsé directeur de label musical. Il y a entre nous une réelle connivence. Nous avons grandi ensemble.

Fêter mes anniversaires fait aussi partie de mon travail. Dès vingt-et-une heures, j'attends les invités. Je tremble à l'idée d'une salle à moitié vide. Ou de photographes qui n'auraient rien à se mettre sous la dent. Les mauvaises langues n'attendent qu'un faux pas. Or, j'ai besoin des magazines people pour médiatiser mes soirées. Un article enthousiaste garantit de nouveaux clients. Et puis la fête démarre. Mille cinq cents personnes ont droit au grand jeu. Je me souviens d'une « Nuit en rose ». Les Bains étaient entièrement tapissés de cette couleur. J'avais trouvé deux mille poupées que j'avais accrochées aux piliers. À minuit, elles avaient toutes disparu... Et tant mieux ! Le gâteau d'anniversaire était magistral. Imaginez une jeune fille en corset rose pailleté. Sa jupe est composée de baleines, sans crinoline. Un grillage très fin recouvre les baleines, sur lequel sont posées des centaines de choux à la crème rose. Cette jeune fille est arrivée dans un halo de lumière, portée par un air de boîte à musique.

Elle marchait au ralenti sur la mélodie. La salle entière avait la chair de poule. Du rose, de la féerie, et des centaines de bouquets reçus après la fête... Je savais alors pourquoi j'étais heureuse. Je redevenais une petite fille certaine d'être aimée. Personne n'avait oublié mon anniversaire. Tout le monde avait eu un petit geste. Décidément, la nuit n'est pas faite pour grandir.

Ce n'est pas Ibiza qui me donnera tort ! Car, dans le même temps, je plante mes racines nocturnes sur cette île. La prédiction de Pepe Roselio, lors du fiasco du Space, s'est réalisée. Après avoir travaillé avec Mike et Claire au Privilège, j'ai eu l'honneur de remplir le club l'année suivante. Une soirée Guetta dans la plus grande boîte du monde ! Les Daft Punk, Philippe Zdar du groupe Motorbass, et bien sûr David assuraient la musique. L'épuisante promotion a porté ses fruits.

Le soir fatal, devant la porte, j'étais presque incapable de tenir debout. Le mélange d'excitation et de peur me maintenait éveillée. Heureusement ! J'ai vu arriver des dizaines, puis des centaines, puis des milliers de personnes. Le directeur du Privilège, qui ne croyait qu'à moitié à cette soirée, avait scindé le club en deux. Vers trois heures du matin, il leva les cloisons pour nous céder l'intégralité de la salle. Il répétait « puta madre, puta madre » en actionnant les tiroirs caisse. Il manquait du personnel, les gens se bousculaient, mais quand les Daft Punk entamèrent « around the world », ce fut l'hystérie. Brasilio, le directeur artistique, révéla une surprise. Une fille magnifique s'éleva lentement dans les airs, suspendue par des cables à quinze mètres du sol. La Marseillaise retentit, et la fille dévoila sa robe aux couleurs du drapeau français. Jean-Paul Gaultier regardait ce spectacle, les yeux écarquillés, avec un grand sourire. Car nous étions les seuls Français à organiser des fêtes sur l'île, parmi des promoteurs de toutes les nationalités. À partir de là, les clubs d'Ibiza m'ont couru après.

L'été, je me consacre donc à Ibiza. Le reste de l'année, je m'occupe des Bains. Mon métier m'en apprend chaque soir. J'orchestre les excès, les débordements. Je vois qui se profile derrière les personnages publics. Un soir, David et moi étions en Sardaigne, invités par Flavio Briattore pour l'inauguration de son club Le Billonnaire. Les Bains m'appellent. Un artiste peu connu du grand public, mais très apprécié des amoureux du rap, veut organiser une soirée le lendemain soir. Puff Daddy a choisi les Bains. Il souhaite réserver les dix meilleures tables du premier étage, les garnir d'un somptueux plateau de fruits, acheter cinquante bouteilles de Cristal Roederer. Et assortir le tout de stars françaises. Je m'exécute. Le soir même, Puff Daddy arrive accompagné d'impressionnants gardes du corps, de ses agents, ses assistants. Sans oublier sa fiancée, quasi inconnue en France. Une sublime latine prénommée Jennifer Lopez. Je m'occupe de son manteau. Nous discutons de tout et de rien. Le courant passe. J'essaie de gagner sa confiance. De connaître ses goûts, ses habitudes, ses craintes. Je retiens tout. À un moment, il devient impossible de parler. Puff Daddy a saisi le micro pour une étonnante démonstration de rap. Il retourne le club ! Les Bains sont en ébullition. L'année suivante, en pleine semaine de la mode, Puff

Daddy et Jennifer Lopez sont invités au défilé de Donatella Versace. Ils profitent de ce passage pour nous solliciter à nouveau. Ils veulent la même chose. La donne a changé : Puff Daddy est mondialement connu. Quant à Jennifer Lopez… J'en profite pour inviter les copains : Jamel Debbouze, Vincent Cassel, Mathieu Kassovitz. Mais j'ai vu trop juste. Puff Daddy, lui, rameute tout Hollywood. Je vois passer Mel Gibson, Gweeneth Paltrow, Milla Jovovitch, Kevin Spacey… Le premier étage des Bains se transforme en soirée pour les Oscars ! Je profite de la fête, mais je suis toujours aux aguets. Je vérifie que les stars ne manquent de rien.

Mes nuits, c'était ça. Je ne savais jamais quelle surprise elles me réserveraient. Bizarrement, lorsque vous êtes à la tête d'un établissement, la vie nocturne fonctionne sans vous. Elle se met en marche toute seule. Vous pouvez toujours maîtriser certains rouages. Mais au fond, vous ne contrôlez pas les merveilles et les déviances de cet univers. Vous devez vous habituer à ces fluctuations et travailler en conséquence. La nuit déteste être prévisible.

J'ai été prise au piège plusieurs fois. La majestueuse plantade de l'ouverture du Bataclan reste un modèle du genre. Mais il y eut aussi de bonnes surprises. En 1998, au soir de la coupe du Monde, je reçois aux Bains Johnny Depp, Jack Nicholson, les mannequins qui ont participé au show avant le match. La soirée se passe bien. Le lendemain soir, après la réception donnée en l'honneur des joueurs au Lido, chacun est persuadé qu'ils iront faire la fête à deux pas, sur les Champs-Élysées. Le périmètre regorge de clubs. Tous les établissements du coin ont proposé de recevoir les Bleus dans des conditions magiques.

Or, vers 23 heures, je reçois un appel de Nagui. Il me demande de réserver le premier étage pour les Bleus. Personne n'y croit. En un clin d'œil, c'est la révolution. L'ambiance des Bains chavire. Nagui et les Bleus sont entrés, trimballant avec eux un vent d'hystérie. Des centaines de personnes s'agglutinent à l'entrée pour les suivre.

À Ibiza, après avoir organisé le concert de Laurent Garnier à l'Amnésia, j'ai accepté la proposition des patrons du Pacha d'organiser un rendez-vous annuel. David et moi lançons un concept original. Nom de code : Fuck Me I'm Famous... Les gens sourient devant l'intitulé, que j'ai voulu provoc, sexy. C'est plus qu'un nom, c'est un slogan, un manifeste. Je le dois à David et à Axel, notre graphiste. Au début, je crains le malentendu. Et si le public trouvait ça vulgaire, trop décalé justement? Mais les réactions me rassurent. Mieux, elles dépassent mes attentes. Quand ils découvrent les flyers, les gens éclatent de rire. Très vite, l'abréviation FMIF court sur toutes les lèvres. Ibiza découvre le glamour parisien. Côté musique, David impose la French Touch grâce aux DJ Bob Sinclar, Martin Solveig ou DJ Gregory. L'alliance de ce nouveau son et de cette nouvelle élégance est décapante! Le personnel du Pacha est aux petits soins. Désormais, ma soirée est prévue tous les jeudis de juin à septembre. Une année, je reçois Jean-Paul Gaultier pour le 14 juillet. Il a tout suite accepté d'être l'invité d'honneur. Nous organisons la fête ensemble... Et je porte du Gaultier des pieds à la tête!

Nuit après nuit, ce que j'ai ressenti lorsque j'étais serveuse, des années auparavant, se confirme. J'adore accueillir des personnalités repérées ça et là. Mon petit doigt me dit que certaines d'entre elles ont assez de talent pour connaître un jour la célébrité. Parfois mes prévisions se révèlent complètement fausses. Mais, d'autres fois, ça marche. Un soir, la sécurité appelle David. Les vigiles sont ennuyés. Un jeune homme demande à entrer. Il tient un caméscope. Il explique qu'il réalise un pilote pour Canal +. Or, les caméras ou les appareils photos sont interdits. David trouve le jeune homme sympathique, il ouvre les portes. Jamel Debbouze se souviendra de ce geste. Ce sera la même histoire pour Eric et Ramzy. David et moi avons un faible pour les artistes, ceux qui se bagarrent pour exister. Ils sont toujours plus proches de nous que les milliardaires. Par exemple, Leonardo Di Caprio pouvait boire son verre tranquillement, le soir après le tournage du Masque de Fer. À l'époque, il n'était pas une star internationale. Il était si gentil, si poli, assis au bar tout seul, que ça valait toutes les fortunes. Plus tard, alors qu'il tient le haut du box-office, il s'échappe d'une fête grandiose à la Conciergerie pour venir boire son verre aux Bains.

J'assiste aux ascensions, aux envolées de carrière. J'adore fêter la consécration des anciens anonymes. Je suis fière d'avoir côtoyé Guillaume Canet, Marion Cotillard, Emma de Caunes, Romain Duris ou Élodie Bouchez à cet instant de leur vie. Quant à la mode, elle grouille de jeunes pousses. Beaucoup de créateurs fréquentent les Bains. Je me souviens de grands timides, Marc Jacobs, bientôt Monsieur Louis Vuitton, de Nicolas Ghesquière, aujourd'hui à la tête de Balenciaga. Ou de John Galliano et de son meilleur ami Steven, aujourd'hui décédé. Steven me serrait dans ses bras, très lentement, malgré la musique assourdissante et la foule qui bougeait. Il me rappelait, ému, mes débuts au Bataclan. J'étais toujours invitée au défilé Christian Dior, pour une place au premier rang. Je m'asseyais et chaque fois je faisais un bond de dix ans en arrière. À l'époque, j'étais serveuse aux Bains, les assistants des couturiers me donnaient parfois des invitations, les passe-droits de base pour se glisser à un défilé. Il n'était pas question de place assise. Je restais debout, derrière les chaises, hissée sur la pointe des pieds pour tenter d'apercevoir un bout de robe.

À la fin d'un défilé, John Galliano salue le public, la musique retentit. Elle me dit quelque chose. Galliano a choisi le premier tube de David, Just little more love. Tout le monde me regarde. Un moment de rêve s'achève sur un morceau de l'homme que j'aime. On ne peut pas imaginer un plus précieux cadeau !

Je mets cette émotion à égalité avec ma plus belle rencontre des Bains : l'acteur américain Denzel Washington. Il venait avec sa femme Pauletta. Je les ai aperçus devant la caisse. Ils avaient fait la queue pour payer comme tout le monde. Je les repère et me présente. On boit un verre. On discute quasiment toute la nuit. De l'amour, des illusions, de la vie... Ce beau moment scelle une complicité. Chaque fois que Denzel et Pauletta viennent à Paris, ils passent aux Bains. Et, chaque fois, je sais que l'on parlera jusqu'à l'aube, tous les trois, coupés du monde. Un matin, à la fermeture des Bains, Denzel me demande où se trouve

David. Je lui explique qu'il organise les soirées Scream à l'Élysée Montmartre. Des soirées gays. David s'est tellement impliqué avec ses amis Ludo et Jérôme qu'ils sont presque parvenus à vider le Queen ! Denzel veut absolument s'y rendre. Nous voilà débarquant devant l'Élysée Montmartre en limousine. L'effet produit est sans comparaison avec ce qui nous attend dans la salle. Denzel Washington et sa femme dans une soirée gay, à six heures du matin à l'Élysée Montmartre ! David me regarde, épaté. Il me glisse à l'oreille : « Tu es trop forte, ma femme ! » Je l'embrasse. Denzel, lui, est juste cool. De toute façon, il est bien partout. Une autre fois, David et moi l'invitons dans un petit restaurant africain juste à côté des Bains. Ouvert toute la nuit, le Babylone compte dix tables. Nous commandons un poulet braisé. L'ambiance a changé. Tout le monde a reconnu l'acteur. Que fait-il ? Il se lève, s'approche d'une table et commence à discuter de l'intégration des Noirs en France. Les gens sont soufflés. Denzel, lui, continue sur la lancée : Pourquoi les quotas n'existent pas en France ?

Pourquoi si peu de Noirs à la télévision ? Le patron du restaurant se frotte les yeux !

Certaines rencontres ont duré le temps d'une étincelle, d'autres se sont finies en désillusion. Et d'autres encore ont débouché sur des résultats inattendus. Bruno Lévy, directeur de casting, fait partie des gens qui ont suivi mon parcours. Et, chaque fois qu'il venait aux Bains, il me parlait d'un rôle au cinéma. Je ne le prenais pas au sérieux. Jusqu'au jour où il a évoqué un film de Patrick Timsit, *Quasimodo d'El Paris*, en me glissant l'adresse du casting. J'avais beau rire, j'étais ferrée ! Évidemment j'y suis allée. Évidemment je mourrais d'envie d'être prise.

J'ai passé le casting comme tout le monde. Il a fallu une scène pour convaincre Patrick Timsit, pourtant réticent au départ. Me voilà partie au Portugal, au sein d'une équipe de cinéma ! Je jouais une prostituée qui donne la réplique à Richard Berry. Le rôle était minuscule, mais j'étais tétanisée. Heureusement, l'atmosphère du tournage m'a mise à l'aise, et surtout j'ai apprécié d'être enfin prise en charge ! Au cinéma, on est coiffé, maquillé, dirigé… Pour moi, qui gérais mes équipes, ce repos fut salvateur. Pour la première fois, je m'exprimais dans un espace limité, qu'on avait cadré avant moi. Ces contraintes me plaisaient parce que je ne les avais pas imposées ! Résultat, j'étais relax. Le cinéma a été un beau moment calme de ma vie.

La cinéaste Brigitte Rouan réalisait pour Arte un film sur l'histoire d'une mère qui recherche l'assassin de sa fille. Elle est venue aux Bains pour me proposer un rôle. C'était encore celui d'une prostituée… Pour un film plus noir, plus violent, avec peu de moyens. Je répètais chez Brigitte. En face de moi, Yolande Moreau me donnait la réplique. Nous tournions dans des quartiers sensibles, dans des hôtels de passe minables. J'étais assez secouée par le projet, d'autant qu'il s'inspirait d'une histoire vraie. Au final, le film a taillé sa route. J'ai été invitée au festival de Sarlat. J'y allais comme comédienne. J'étais fière de provoquer cet intérêt. Je me disais que je n'avais peut-être pas été trop calamiteuse.

Cela étant, j'ai quand même des doutes… Aucun réalisateur ne m'a sollicitée pour un rôle important. Peut-être que je n'avais pas suffisamment de talent. Peut-être que le cinéma n'aime pas braver les étiquettes. J'étais estampillée « monde de la nuit ». Peut-être aussi que je ne fréquentais pas assez ce milieu. Je n'allais pas dans les festivals, je n'étais pas invitée aux dîners de producteurs, je ne courais pas les castings. Je n'étais au courant de rien.

Parfois je me demande si j'aurais pu quitter la nuit pour le cinéma. J'avoue que l'idée m'a traversée l'esprit, très vite supplantée par un certain pragmatisme. Dans mes clubs, j'ai vu défiler quantité de clients qui travaillent dans ce milieu. Combien de fois j'ai entendu les comédiennes se plaindre parce qu'elles ne trouvaient aucun travail ! Je connaissais très bien les coulisses du cinéma. Les galères, les castings ratés, les rares propositions de film : tout cela, je l'entendais et le voyais chaque soir. Étais-je prête à tout lâcher pour un tel parcours du combattant ? Non. Je ne pouvais pas quitter la nuit pour une incertitude.

Ça ne m'a pas empêché de continuer au gré des propositions. Je ne jouais pas ma carrière. S'il y avait un enjeu, c'était celui de se faire plaisir. Et je me suis beaucoup amusée, comme sur le film *Jet Set* de Fabien Onteniente. Lui aussi, je l'ai rencontré aux Bains. Soit on s'offrait des fous rires, soit on discutait de Pedro Almodovar, du cinéma espagnol. J'ai tout de suite accepté de participer à *Jet Set*. L'idée de caricaturer le monde de la nuit me semblait excellente ! Et puis, je connaissais la moitié des acteurs. Fabien m'a aussi proposé *3/0*, son film sur le football. Je jouais une Marseillaise, épouse d'un footballeur. Une « cagole » avec l'accent du sud et un chewing-gum dans la bouche…

De fil en aiguille, Fabien me confie la direction artistique de son film *People*. Le tournage a lieu à Ibiza, que je lui ai fait découvrir. Je me débrouille pour lui obtenir les autorisations des patrons de club, les meilleures soirées pour qu'il puisse tourner en live, les décors, la maison principale. À la lecture du scénario, je me rends compte que l'histoire tourne autour du lancement d'un parfum prénommé Ibiza. Ce détail me travaille l'esprit. J'y pense très souvent. Jusqu'au jour où je me pose la question : et si je créais ce parfum ? Il sortirait en même temps que le film… J'aurais sept mois pour l'inventer ! Chaque fois que j'ai eu à gérer un endroit ou un événement, il a fallu que j'y associe un versant plus créatif. Je n'aurais pas pu diriger mes clubs si je n'avais pas eu, en compensation, cette liberté artistique pour inventer des fêtes, des costumes, des décors, et même des cartons d'invitation ! De la même façon, j'ai pris en charge mes fonctions sur *People* parce que je savais que cet exercice me conduirait vers quelque chose de plus artistique.

Ce quelque chose ressemble à un coquillage dans une boule à facettes. Il sent le sucré, le pétillant, il sent une fleur du sud, la « Reine de la nuit ». Ce jasmin se cueille uniquement la nuit. J'y ajoute de la barbe à papa, parce qu'on reste petite fille toute sa vie. Et un mélange d'ambre et de musc qui m'évoque le soleil. Une amie intime, Anna Sindres, me présente à deux fabricants associés, Hubert Assous et Jean-Manuel Cogis. Je découvre qu'ils ont déposé, depuis longtemps, le nom « Ibiza » pour un parfum. La coïncidence m'effraie presque. Les seuls propriétaires au monde du mot Ibiza, ce sont eux ! Depuis, notre collaboration a porté ses fruits. La photo qui accompagne le parfum a été réalisée par un grand photographe de mode, Markus Klinko et Indrani. Ils ont fait les plus belles couvertures de disques de Beyoncé, de Mariah Carrey... Ils ont accepté de me rajouter sur leur liste alors que je dispose d'un petit budget. Désormais le parfum a un visuel reconnaissable. Sa fragance se vend depuis trois ans. J'ai pu sortir le versant masculin, avec une boule noire à facettes. « Ibiza », c'est une de mes grandes fiertés. Quand il fut référencé chez Sephora, à la fin de l'année 2007, j'ai été comblée. On dira que ça reste du parfum, du bon marché, de la consommation, du jetable, des paillettes... Peut-être. Je n'ai pas écrit de texte philosophique, je n'en ai même pas lu. Je ne viens pas d'une famille cultivée et j'ai les réflexes de celle qui le sait. Mes références à moi sont entrepreneuriales. Je m'épanouirai toujours à lancer un produit de qualité. Je n'attends pas que mon travail révolutionne le monde. Pourquoi souhaiter la lune quand on a les étoiles ? Je n'ai jamais prétendu concurrencer Chanel, ni décrocher un César.

Cédric Klapisch m'a proposé de jouer un petit rôle dans *Peut-être*. L'emploi du temps était serré. Je faisais l'actrice le jour et je restais aux Bains la nuit. Tout le monde se demandait où je prenais mon énergie. Mais elle est là, en moi. Dictée par la curiosité. J'ai essayé de préserver cet état d'esprit. Ce n'était pas toujours évident. Le sens du bonheur agace. Il aimante les malheureux qui rêvent à la fois d'en jouir et de le torpiller. Il faut s'en méfier car l'aigreur se camoufle bien. Elle prospère derrière les sourires, les accolades ou même derrière d'étroites collaborations. Hubert, le patron des Bains, faisait partie de ces spécimens.

Nous redressions les finances du club. Le restaurant nous y aidait. Pour le promouvoir, nous avions engagé Jean-Yves Bouvier qui s'occupe aujourd'hui des relations publiques de l'hôtel Coste. Il connaissait le monde du cinéma. Il nous a invités à dîner chez Michel Blanc. Une des amies de Michel, Thiou, a préparé un succulent dîner thaïlandais. C'était si bon que je l'ai engagée pour le restaurant des Bains ! Un dîner thaï pour cent quatre-vingts couverts n'a rien à voir avec un repas entre amis. Pourtant elle s'est adaptée, aidée par

Bernard, le chef, et son équipe. Jean-Yves Bouvier a alerté son carnet d'adresses. Les clients réguliers des Bains ont pris leurs habitudes. Résultat, le bouche-à-oreille a fonctionné. Le restaurant redémarrait.

La seule chose que je n'ai pas prévue, c'est la réaction d'Hubert. Dès notre quatrième année aux Bains, son humeur vire au sombre. Il vit mal la situation. Quand il vient dans son établissement, certaines stars le saluent, mais les nouveaux venus comme Puff Daddy et Jennifer Lopez ne le connaissent pas. Hubert fulmine. Il est resté bloqué sur des temps anciens, il n'a pas vu surgir les nouvelles générations de noctambules. Avec le recul, je comprends la tristesse qu'il y a à passer la main. Ce n'est pas seulement déléguer ses fonctions. C'est un aveu d'impuissance, de lassitude. Parfois cette transition est vécue sans amertume.

Hubert a commencé par ouvrir le feu des critiques. En public et dans des clubs concurrents ! Un soir, aux Bains, il perd son sang froid. C'est mon anniversaire. Il se rend en cuisine et découvre mon gâteau. Devant toute l'équipe médusée, il en arrache un morceau avant de le lancer contre le mur. Le tout en m'injuriant. Le gâteau qui, une seconde avant, annonçait la fête, dégouline lamentablement.

Ce sera la seule fois de ma vie où je pleure de haine. Enfermée dans mon bureau, je me jure de partir des Bains. Le travail effectué depuis des années vient de s'échouer contre un mur, avec la part de gâteau.

La négociation dura plusieurs mois. Finalement, il accepta de nous racheter nos parts. La signature s'est déroulée dans deux pièces différentes. Jusqu'au bout, j'ai refusé de l'avoir en face de moi. C'était en juin 2002. Les Bains n'avaient plus aucune dette. Nous avions tout remboursé.

Je n'ai pas le temps de savourer un peu de temps libre. Au moment de la revente, je suis déjà sur un autre projet. J'ignore encore que j'entame les pires années de ma carrière. Sur le coup, la perspective de reprendre un restaurant au 23, rue de Ponthieu, dans le prestigieux 8e arrondissement parisien, m'emballe. Je me suis déjà entendue avec un des deux propriétaires,

Benjamin de Marigny. J'y vois aussi une façon de concurrencer Hubert. Il possède deux restaurants, le Korova avec Jean-Luc Delarue, et Nobu, le japonais haut de gamme, dont Robert de Niro est l'un des actionnaires.

Je visite l'endroit. Immédiatement, je le « vois » comme un restaurant marocain. Ça fait un moment que cette idée me poursuit. Depuis que j'ai découvert Mansouria. Ce restaurant est situé au fond du quartier de la Bastille, pourtant, il attire une clientèle raffinée. La propriétaire, Fatima Al, réalise deux cents couverts par soir. Sa réputation est excellente. Cuisine savoureuse et service impeccable. Un rêve d'entrepreneur nocturne. Auquel je renonce vite : le courant ne passe pas entre Benjamin et Fatima. Je vais devoir me débrouiller seule. Je pense : j'ai l'habitude ! mais ce sera la fois de trop.

Un restaurant n'est pas un club. La logistique prend le pas sur l'artistique. David a besoin de créer. Il remue des idées noires. Pour y échapper, il s'enferme dans un studio, une fois par semaine, avec son ami Joachim Garraud. Surprise ! *Just little more love* marche. Très vite, les ventes se multiplient. David amorce sa seconde carrière de producteur.

Moi, je suis ailleurs. Plus précisément, absorbée par les travaux du restaurant rebaptisé Le Tanjia. Je ne perçois pas les réticences de David. J'assiste, de loin, au succès de sa musique. Que faire d'autre ? Comme à chaque reprise d'un établissement, un problème chasse l'autre. Je regarde ma montre pour la centième fois, le ventre noué. Les énormes containers viennent d'être livrés. Et le décorateur ne vient pas… Plantée au milieu de cet espace immense, refait à neuf, je me sens écrasée. Tout est vide. Et le décorateur qui ne vient pas ! Je m'improvise architecte d'intérieur. L'endroit compte une salle, une mezzanine et un lounge en rez-de-chaussée. Me voilà obligée de lancer l'opération. Une fontaine au milieu de la pièce centrale. Des alcôves. Des jarres un peu partout. Des petites boîtes sculptées, anciennes, serviront à présenter l'addition. Des parfums différents dans chaque pièce… Pour le lounge, j'installe les divans. Je vérifie l'accord entre les tomettes et les tapis. Je scrute le moindre détail, sans oublier les toilettes, en tadelakt rose.

Le résultat est superbe. Un vrai riad marocain. À peine entrés, les clients s'arrêtent, enchantés. Les bouquets de roses sont changés chaque semaine. Une centaine de bougies donne l'impression d'un conte des *Mille et Une Nuits*. Des danseuses du ventre passent entre les tables. Pendant un an, le Tanjia est féerique. Les réservations affluent. J'engrange deux cent cinquante couverts par soir. Patty, qui dirige le lounge, n'arrête pas une seconde. Cyril, le directeur du Tanjia, m'épaule. Je le connais depuis le Bal, à Saint-Tropez. Je l'ai engagé comme serveur au premier étage des Bains avant de lui proposer ce poste. Il est d'un impeccable professionnalisme. Pas un problème qu'il ne puisse résoudre. Les clients le demandent sans arrêt ! Cyril répond, anticipe, toujours courtois. Il bichonne le restaurant comme s'il s'agissait de son appartement ! Je ne me lasse pas de pouvoir offrir chaque soir un petit voyage aux clients. J'adore les voir balayer le Tanjia des yeux, puis ôter leurs manteaux avec le sourire. C'est une gratification immense. Les gens sont relax. Beaucoup posent des questions sur la déco, la provenance des objets… J'ai le temps d'y répondre. La gestion d'un restaurant est plus calme que celle d'un club. J'organise aussi bien l'anniversaire de ma mère qu'un dîner d'équipe. Isabelle Adjani vient en voisine. Elle joue dans *La dame aux camélias* au théâtre Marigny. De nombreuses maisons de productions réservent une partie du restaurant pour fêter un lancement ou la venue d'acteurs étrangers. Je me souviens d'un dîner autour de Matt Damon, ou d'une soirée organisée par Canal +, à l'occasion des Oscars. Un écran géant retransmettait la cérémonie devant la crème du cinéma français.

Seule fausse note : la cuisine. Inégale, elle ne tient pas les promesses du Tanjia. Certains clients repartent déçus. L'équipe des fourneaux change plusieurs fois. Je cherche, je tente avec d'autres personnes. Ça ne marche pas, je cherche encore… Je sais que le décalage entre la beauté du lieu et l'à-peu-près des plats décote peu à peu le restaurant.

Au même moment, commence l'aventure professionnelle la plus secouante que j'aie connue en vingt ans de carrière. Cette aventure s'appelle le Pink Paradise. Elle démarre au 49, rue de Ponthieu, à deux pas des Champs-Élysées – et du Tanjia. Elle démarre par un projet un peu cinglé : installer, en France, le premier *table dance*. De quoi s'agit-il ? D'un club select de strip-tease à l'américaine. Tout ressemble à une boîte de nuit – sauf que des filles somptueuses se déshabillent aux tables à vingt centimètres des clients. Si le client paye plus, il a droit à une prestation privée, dans un salon protégé par un rideau de perles. Les contacts sont interdits. Un DJ de qualité se charge du rythme de l'effeuillage. C'est un pur régal des yeux. Non seulement les filles sont belles, mais elles sont souvent danseuses ou artistes de cabaret. La première fois que je suis entrée dans ce genre d'endroit, c'était à Miami, quinze ans auparavant. Je craignais d'attirer les regards ou de susciter des réflexions déplacées.

Fausse alerte. Les hommes se fichaient complètement de ma présence. L'unique cliente ne les perturbait pas une seconde ! Ils avaient les yeux rivés sur ces créatures superbes. J'ai été étourdie par ce mélange de sensualité et de chic. Alors, quand mon futur associé Patrick Dentroux nous signale un endroit qui ferait l'affaire, je n'hésite pas.

Comme d'habitude, il faut d'abord régler les problèmes. Cette fois, j'en prends pour quatre ans avant même l'ouverture ! L'implantation de ce concept inconnu en France demande de la patience. D'abord, David et moi parcourons les pays anglo-saxons pour visiter tous les *table dance* de renommée. Nous voilà partis au Canada, en Angleterre, aux États-Unis, de Los Angeles à Miami en passant par Las Vegas. Nous en visitons une cinquantaine ! Nous regardons tout : comment se comporte la clientèle ? Et le personnel ? À quoi ressemble la décoration ? Qu'est-ce qu'un strip-tease réussi ? J'observe que le passage des filles s'effectue en fonction de la musique du DJ. Que dans certains clubs, le nu est autorisé en salle. Que l'équipe de sécurité se montre très vigilante. Nous payons un nombre incalculable de danses dans les salons privés. David note tout. Les filles terminent accoudées à ma table, à me parler de leur vie. Beaucoup financent leurs études de cette façon. Aucune ne trouve ce métier déshonorant, au contraire. Pour d'autres, c'est un travail normal, à part entière, dont elles n'ont pas honte. Un point de vue américain. En France, c'est tabou.

Il nous faut donc développer les *table dance* en partenariat avec les Américains. Ils ont l'habitude. N'importe quel patron de ce genre d'endroit sait dans quelles agences se trouvent les filles, quelle licence demander, etc. Nous voilà embarqués dans une voiture pour rencontrer le patron d'un des plus célèbres *table dance* du sud des États-Unis. Ses deux gardes du corps sont postés derrière David et moi pendant que nous parlons. Grand, blond, l'homme respire l'aisance. C'est un rêve de réussite « bling bling ». L'entrepreneur paranoïaque et couvert de dollars. Il est immédiatement séduit par notre idée. Ouvrir un *table dance* à Paris relève de la consécration. Il sera associé au projet. Pendant trois heures, il nous explique le business.

De retour en France, nous vidons nos comptes. Toutes nos économies y passent. Les banques ne nous suivent pas vraiment. Investir dans un club, d'accord, mais quand on leur parle de strip-tease... Patrick injecte à son tour tout l'argent dont il dispose. L'endroit est baptisé le Pink. L'aventure peut commencer !

Notre associé américain nous explique le déroulé. Nous devons rechercher des danseuses, payer les billets d'avion, les loger, engager une personne qui les chaperonnera vingt-quatre heures sur vingt-quatre. Les Américains appellent ça une « house mum ». Les filles, pour la plupart anglo saxonnes, changeront chaque mois. Une sacrée logistique en perspective ! Elles habiteront dans l'immeuble situé au-dessus du Tanjia, que nous louons à Benjamin de Marigny. Les travaux finis, cela donne une quinzaine de chambres avec salle de bain. La cuisine est commune. L'ambiance est à mi-chemin entre l'auberge de jeunesse et les coulisses du Lido !

Reste à convaincre la police. Nous avons de bons rapports avec la Brigade des Mœurs. Nous les connaissons depuis nos débuts. Mais là, c'est un peu particulier. À la Préfecture, mes interlocuteurs froncent les sourcils. Je les rassure. Non, je ne me transforme pas en Madame Claude ! Oui, les filles sont déclarées, avec des horaires, un logement, et un agent de sécurité qui les ramène chaque soir jusqu'à leurs appartements ! Non, les clients ne les touchent pas ! Oui, je suis saine d'esprit ! Il ne reste plus qu'à attendre les autorisations officielles.

Je peux me consacrer à la déco, confiée à Imaad Ramouni, au casting des filles, aux rendez-vous avec notre avocat, presque obligé d'inventer des textes de loi pour ce projet, et au début de la promotion. L'exercice est périlleux. Le mot « pornographique » est vite prononcé. J'observe les réactions. Certains trouvent l'idée géniale. Souvent, ce sont des hommes d'affaires, habitués à ce genre d'endroit hors de l'hexagone. Mais beaucoup nous traitent de cinglés. Pourquoi risquer de salir votre belle image ? Les Français sont des Latins, jamais ils ne se contenteront de regarder les filles ! Vous aurez des bagarres tous les soirs ! Tant qu'à faire, ouvrez une maison close ! Etc. Je leur rétorque que les revues des années 30 étaient bien plus coquines. Que Paris était la capitale de la scène.

Au fond, je me fiche des critiques. David, Patrick et moi fonçons. Je suis harassée – je gère le Tanjia en plus ! Mais nous touchons enfin au but. Le contrat avec l'Américain est finalisé. La Brigade des Mœurs donne son accord. Nous sommes à quelques jours de l'ouverture du Pink.

Les premières danseuses débarquent des États-Unis. Le choc ! Elles sont plutôt fades, certaines carrément moches ! Et moi qui rêvais sur les poupées de Las Vegas… Je les accueille, les guide, les dorlote. Certaines ne sont jamais parties de chez elles pour un mois, elles angoissent. Peu à peu, le climat se détend. Qu'une femme soit à l'origine d'un *table dance* les rassure. Je les vois avant tout comme des artistes. Et puis, elles sont à Paris, à deux pas des Champs-Élysées… La seule chose qui me perturbe un peu, c'est qu'elles ne parlent que d'argent. Mais je n'ai pas le temps de m'inquiéter. Le personnel est engagé, les invitations sont lancées. La rumeur court. Chacun attend l'événement du Pink.

Le soir de l'ouverture, j'entre dans les loges. Je me fige sur place. Chaussées de talons de douze centimètres, vêtues de dessous raffinés, maquillées et coiffées avec soin, les filles sont des bombes. Je les reconnais à peine. C'est un prodige ! Elles se tiennent comme des déesses. La prochaine fois, je serai moins méfiante. Ça m'apprendra à dramatiser.

Enfin, les portes s'ouvrent. Les clients affluent. Les filles se déploient dans la salle, vêtues de robes longues. La musique démarre. Les surprises aussi.

La première concerne les vestes. Je constate que les hommes n'en portent pas. Ils viennent vêtus comme aux Bains, c'est-à-dire à la mode mais décontractés. Or, le Pink est un établissement haut de gamme. L'élégance s'impose. Si je dois refuser tous les habitués des Bains, qui ne comprennent rien à cette histoire de veste, il y a de quoi s'inquiéter.

De toute façon, le comportement masculin m'échappe. Tout le monde s'attendait à ce qu'un *table dance* déchaîne la libido de ces messieurs, au risque de mains baladeuses et de bagarres… Stupéfaite, je constate l'inverse. Les hommes sont intimidés. Personne ne veut payer de « ticket de danses ». Je suis obligée de les leur offrir ! Ils restent assis sagement, osant à peine regarder la danseuse… L'ambiance est glaciale.

La première semaine tourne au tragique. Les filles sont les plus furieuses ! Elles me font des scènes au motif qu'elles ne gagnent pas assez d'argent. J'ai beau expliquer que les clients sont déroutés, que bientôt ils commanderont des danses privées, qu'un concept nouveau met du temps à s'implanter… Rien n'y fait. Je les invite au restaurant, au cinéma, à Disneyland. Je les réconforte, les fait rire. Peine perdue ! Elles veulent de l'argent très vite. Comme c'est impossible, elles désertent les unes après les autres. Tous les prétextes sont bons pour rentrer aux États-Unis : une mère mourante, un fiancé à l'agonie, une maison en cendres, un client traumatisant, alors que les hommes hésitent même à leur adresser la parole. J'entends toutes sortes de bobards ! Parfois, c'est sincère, et il faut le voir pour le croire. L'une des danseuses a le blues de son chien. Elle lui parle au téléphone quotidiennement ! D'autres fois, c'est plus trivial. Il m'est arrivé d'accueillir une jeune fille le matin. Elle dansait le soir au Pink, constatait ses gains, les jugeait insuffisants et, le lendemain matin, filait par le premier avion ! Ces caprices me coûtent une fortune. Un aller-retour Las Vegas-Paris pour une seule soirée de danse, ce n'est pas rentable ! À ce rythme, notre partenaire américain nous envoie moins de danseuses. Évidemment, puisqu'elles rentrent toutes au bercail !

Le salut vient d'une agence canadienne que David et moi avions démarchée au moment du lancement. L'agence nous sauve la mise. Les danseuses que je reçois ne se comportent pas en princesses. Le courant passe. Elles viennent de tous les horizons, chacune dotée d'une histoire différente. L'une veut connaître Paris. L'autre s'enferme pour lire des livres, quasiment deux par jour. Il y a des mères célibataires, des mariées, des étudiantes, des chevronnées… Elles entament des saltos arrière, en vraies gymnastes. Ou montent en haut de la barre avec grâce. La plus grande professionnelle est une Sud-Américaine si belle qu'elle emplit la scène à elle seule. La salle se fige. J'adore la regarder danser, admirative. Malgré deux clubs qui s'ouvrent près du Pink, à quelques mois d'intervalle, les affaires reprennent. Mieux, elles s'envolent. Mon *table dance* est plein chaque soir. Les clients s'y sont adaptés, et en redemandent ! Une trentaine de danseuses assurent le spectacle avec brio. Je suis sur un nuage…

Jusqu'au jour où la police nous appelle. Le responsable de la Brigade des Mœurs veut nous voir. C'est urgent. Je panique. Qu'est-ce qui se passe encore ? David, Patrick et moi nous précipitons sur l'île de la Cité. Dans le bureau du patron, la foudre me tombe sur la tête. Mâchoire serrée, les policiers m'informent que mon associé est fiché au grand banditisme. Il représenterait une des plus grosses familles mafieuses sur le territoire américain. Son dossier trône sur le bureau, épais comme un annuaire. L'homme est suffisamment dangereux pour que la police refuse qu'il mette un pied sur le sol français. Il nous faut nous séparer de lui sinon le Pink fermera ses portes. Affolée, j'explique que l'homme a investi de l'argent dans le club. Qu'il est notre repère dans cette nouvelle activité, que sans lui nous n'aurions jamais parcouru ce chemin. Rien à faire. « Vous l'oubliez. Ou alors, dites adieu à votre Pink. » Ce que je tais soigneusement, c'est la peur.

Comment annoncer ça à notre associé ? Comment va-t-il réagir ?

David et moi décidons de tout lui dire en face. Un avion plus tard, nous sommes à Miami. J'apprendrai que la police a dressé à David un portrait terrifiant de notre futur ex-associé. Un vrai caïd. S'il nous soupçonne de vouloir le doubler, Dieu sait quelle sera sa réaction. Mais, pour l'instant, David cache ces détails pour préserver mes nerfs.

Le jour de l'entrevue arrive enfin. David ira au rendez-vous. Je reste à l'hôtel. En cas de pépin, je pourrai prévenir la police. Une voiture l'attend avec deux musclés en costume. Direction une maison située au bord d'un lac. Dans un premier temps, l'Américain traite David de tous les noms, visiblement persuadé d'un coup de bluff. La police française aurait menti, nous avec, pour le dépouiller. Il enrage. Il craint par-dessus tout l'entourloupe. Mais il est difficile de douter de la sincérité de David. Au fil des heures, l'homme s'en convainc : l'honnêteté et le désarroi sonnent juste. Et puis, si c'était du flanc, le mensonge ne résisterait pas longtemps à un environnement pareil...

Maison isolée, gardes du corps : le décor incite à passer aux aveux... David propose de rembourser tous les frais, de garder les danseuses retenues depuis l'ouverture et le directeur, de payer tout le monde. Il le jure, le promet... Pour le reste, il défend nos positions. On ne peut pas se brouiller avec les pouvoirs publics. Même si, reconnaît-il, un accord moral reste un accord. Mais le Pink a besoin des autorisations officielles pour continuer son activité.

Après cet interminable bras de fer, l'Américain est toujours aussi énervé mais il laisse repartir David. En chemin, celui-ci tremble tellement qu'il s'arrête dans un bar pour avaler une double vodka tonic ! Quand il rentre à l'hôtel, je pleure de soulagement. J'ai attendu toute la journée assise au bord du lit, le téléphone sur les genoux. Vers 17 heures, j'ai pensé appeler Interpol pour signaler la disparition de mon mari !

De retour en France, les affaires continuent. Au point d'acheter un troisième endroit, en plus du Tanjia et du Pink ! Quand Patrick, mon associé du Pink, m'informe de la vente du restaurant La Veranda, je bondis. Depuis longtemps, Patrick et moi avançons ensemble. Je ne sais pas où il trouve son énergie. Car il élève, seul, ses deux enfants. Quand nous quittons nos clubs, à cinq heures du matin, sa journée n'est pas finie. Il rentre, lève ses petits, s'occupe d'eux avant de les amener à l'école... Ses yeux bleus brillent malgré la fatigue. Là encore, ce nouveau projet l'emballe. Lui et moi sommes d'accord : tout casser pour tout refaire. Ça sera du cousu main, du raffinement pur sitôt passé le seuil de la porte. Ça s'appellera La Suite. Ça aurait pu s'appeler La Crise... David est furieux. Il trouve ce projet absurde. Hors de prix d'abord, et ensuite un gouffre d'énergie. « Tu vas t'épuiser, me dit-il, et en plus tu ne gagneras pas un centime ». Ce qui est vrai. Il me suit néanmoins. Par amour.

Galvanisée par la lancée du Pink, je tente un nouveau pari. Je suis sûre de moi. Si le Pink fonctionne, tout peut marcher ! La double formule fait mouche. Trois jours par semaine et à partir de 4 heures du matin, le Pink redevient un club. Les noctambules s'y donnent rendez-vous. Je retrouve les fidèles des Bains, tous les copains. Les danseuses descendent une à une le grand escalier de verre. Chacune décline son identité au micro. Une pluie de confettis s'abat sur le club, le feu vert pour mon frère Chris, qui enflamme la piste. Partager la nuit en deux nous sauve la mise. Non seulement nous doublons la recette, mais en plus nous renouons avec notre clientèle d'avant, moins emballée par le *table dance*. Néanmoins, je vois avec plaisir ce concept se développer en France. La presse parle d'une révolution de la nuit. Beaucoup de femmes se mêlent à la clientèle.

Le répit est bref. Les filles gagnent tellement d'argent maintenant que le système se dérègle. Le personnel du Pink additionne, stupéfait, les gains faramineux de ces demoiselles. Certaines filles, très demandées, empochent 2 000 euros par soir... La révolte gronde. Les barmaids réclament le même traitement. L'équipe de sécurité aussi. Les serveuses veulent être danseuses. Tout le monde devient fou. Je découvre, au sein de mon établissement, un système frauduleux de cartes de crédits, mis en place par le personnel pour piller les clients ! Je ne suis pas au bout de mes peines. Il y a aussi un vrai trafic de tickets de danses. Je dois jouer les inspecteurs Columbo. Je repère un deal entre la caissière et une danseuse. Cette dernière a volé mille tickets de danse dans les coffres du Pink (après avoir « emprunté » les clés), qu'elle revend aux clients. L'opération se termine par une plainte que je dépose contre elle, suivi d'un licenciement éclair.

Chaque nuit je guette le prochain pépin. Si je prends quelques jours de vacances, j'imagine le pire. Alors que David et moi sommes sur l'île Maurice, occupés à reprendre des forces, et que nous regardons le journal télévisé, le présentateur annonce une fusillade dans un club parisien près des Champs-Élysées, faisant plusieurs blessés. De retour en France, à peine descendus de l'avion, nous activons nos téléphones. Ils débordent de messages car la fusillade a eu lieu… au Pink ! Un homme a dégainé son arme se voyant refuser l'entrée. La sécurité a pu fermer la porte in extremis. C'était le soir où Sébastien Cauet avait choisi le club pour enregistrer une émission de radio…

C'est l'escalade des catastrophes. Peu de temps après, j'organise une soirée Halloween. Je suis inquiète du succès du Hustler, un club qui a ouvert à côté. Je crains qu'il n'attire nos clients. Pour cette soirée, j'ai donc mis le paquet. Les filles sont sublimement habillées et le décor est somptueux. Je commence à m'apaiser. Ça devrait être une bonne soirée. Lorsque soudain, un policier monte sur la scène. Dans un premier temps, je crois que c'est un client déguisé et farceur... Mais très vite, dix, vingt, puis cinquante policiers envahissent le Pink ! Ils me demandent de couper la musique. Morte de peur, j'obéis. Mais bon sang, quel est le problème cette fois ? Le problème, m'explique gentiment un policier armé jusqu'aux dents, c'est qu'un membre de la sécurité se livre à un trafic de stupéfiants. Tout est fouillé, jusqu'aux sacs des danseuses, jusqu'à l'ascenseur pour les handicapés. Quand ils comprennent qu'il n'y a pas la moindre trace de drogue, les policiers repartent, me laissant une convocation ! David et moi nous rendons aussitôt au 36 quai des Orfèvres, harassés, pour un interrogatoire serré. Douces nuits...

Le sommet est atteint dans les kiosques à journaux. Je suis en couverture d'un magazine, entourée de deux danseuses seins nus. Le titre : « Cathy Guetta, drogue et prostitution ». Je rentre chez moi pour ne plus en sortir. Accablée, je pense à ma famille qui risque de tomber sur ce torchon. David ne sait plus quoi faire pour me raisonner. Je suis à deux doigts de tirer un trait sur la nuit. J'essaie de comprendre ce qui s'est passé. Je revois le rédacteur en chef me proposer une belle couverture, assortie d'un article de dix pages. La séance photo a été calée, la mise en scène, soignée, le cachet des danseuses qui poseront, négocié. L'interview se déroule normalement… Résultat : cette « une » diffamatoire. L'article, de trois pages, évoque un trafic de drogue, du proxénétisme, la tyrannie de Cathy Guetta sur de pauvres créatures sans défense… J'ai beau me répéter que les mots d'un magazine ne durent que le temps de la mise en vente, je le vis comme un déshonneur, une trahison. J'intente un procès au journal.

La célébrité a ses revers. Vous avez réussi, vous avez de l'argent, vous êtes connu. Vous êtes courtisé. Et jalousé, aussi. De vilaines rumeurs s'agrippent à vos basques et ne vous lâchent plus. Me concernant, il y en a eu deux. Assez tenaces pour me miner le moral. La première parlait d'une descente des stups à mon domicile, assortie d'une prise record de drogue, et d'un passage en prison. Chaque soir aux Bains, les clients murmuraient : « Mais Cathy tu es là ? Tu n'es pas en prison ?... » Et je parle de ceux qui venaient encore. Car nombre de personnes ont cessé de venir aux Bains, en persiflant : « Et en plus, elle deale ! » Les rumeurs me font penser à des virus. Elles s'alimentent, elles mutent et elles ravagent. On ne les reconnaît plus, elles changent de forme et gagnent en puissance. Chacun avait des détails à ajouter. Untel avait vu ma déposition, un autre jurait que mon appartement débordait de cocaïne... Il faut démentir, bien sûr, et attendre que la rumeur s'éteigne. L'exercice est plus délicat quand elle salit une autre personne. Votre mari, par exemple. David et moi avons été taxés de faux couple. Pour résumer, nous faisions semblant d'être ensemble pour que je puisse collectionner les amants et pour que David vive tranquillement sa vie homosexuelle. Une Marie-couche-toi-là et un gay, unis pour le meilleur et pour le pire. Le conte de fées !... Saper ce genre de bruit nécessite l'artillerie lourde. Ce fut à la télévision, face à Daniela Lumbroso, que nous avons mis les choses au clair. Aux grands maux les grands remèdes !

Restait que, sortie de ces ambiances, je me sentais souillée. Comme si l'extérieur avait aspiré ce que j'ai de plus précieux. La tambouille du qu'en dira-t-on m'a laissée amère. J'avais envie de retrouver une pureté évanouie, de renforcer mon couple et mes défenses. David me faisait souvent remarquer que j'étais la copine du soir pour des milliers de personnes mais que je n'avais personne à appeler pour aller au cinéma ou au restaurant. Ce n'était pas faux. Je séparais tellement ma vie professionnelle de ma vie privée ! Cette dernière se réduisait à une personne : ma vie privée, c'était David.

Et puis la terre a tremblé. Un soir, à Anvers, David regagne son hôtel. Sa tête tourne. Dans la journée, il m'a téléphoné à Ibiza pour me dire qu'il se sentait mal. Une douleur dans le bras... Il a le temps d'appeler la réception. Ces quelques secondes lui sauvent la vie. Quand le réceptionniste accourt, David gît, inconscient, au pied de son lit. Les pompiers l'amènent en urgence à l'hôpital. Verdict : malaise cardiaque.

Je dîne dans un restaurant d'Ibiza où je suis en repérage pour le film *People*. Mon téléphone sonne. Je me lève de table comme une somnambule. Je sors. Je m'assieds au bord du trottoir, anéantie. Fabien Onteniente me rejoint. Sa présence m'empêche de sombrer.

Je saute dans un avion Barcelone-Paris. Le temps de prendre quelques affaires et j'attrape un train en direction d'Anvers. Patty m'accompagne à l'hôpital. La vision de David inconscient, bardé de tuyaux, me cloue à terre. Mon mari si faible qu'il ne peut pas parler. Il ouvre les yeux. Il me fixe en pleurant.

En une seconde, ma peur recouvre l'immensité du ciel. Ma peur de perdre David s'étend comme une croûte épaisse sur le monde, sur ma mémoire, sur l'instant présent. Il peut se passer n'importe quoi. Tout rebondira contre cette peur qui, désormais, couture ma vie. Je regarde David comme l'unique trésor du monde. Et ce trésor a failli mourir. Il était près de moi et je n'ai pas vu qu'il pouvait disparaître. À quoi sert de s'aimer si on ne se rencontre plus ? Il nous faut penser à notre histoire. Notre histoire si belle, noctambule et lasse, où est-elle ? Coincée entre deux avions, entre deux urgences à régler. Et maintenant, alitée dans un hôpital. Je me jure de tout changer si David guérit. De ralentir la cadence, de centrer ma vie sur notre couple et de mettre un bémol à nos activités nocturnes. Pour la première fois, la nuit a de la concurrence. J'ai deux amours, l'un est malade, il prend le pas sur l'autre. Au fond, c'est dans cette chambre d'hôpital que j'ai renoncé à la nuit.

David reste un mois à Anvers. Les médecins diagnostiquent une myocardite et une péricardite. En clair, un virus s'est logé dans le cœur. Je prends une chambre d'hôtel. Tant pis pour ma soirée d'anniversaire organisée depuis des mois à La Suite. Je me consacre exclusivement à David. Mais il insiste tellement que je rends les armes. « Fais-le, dit-il. Vas-y et reviens après. On ne peut pas annuler. » Par chance, j'ai une équipe formidable. Sandra Zeïtoun, Pascale Abécassis et Pascale Barrault prennent tout en charge. Ces trois filles me sauvent. Je n'ai qu'à attraper un train. Elles se sont occupées du reste. Quand j'arrive, ce soir-là à La Suite, l'anniversaire est organisé au détail près.

Je garde un souvenir flou de cette fête. Les images me parviennent fragmentées. Difficile de les relier entre elles. Comme si l'absence de David morcelait ma mémoire. Je me rappelle avoir pris le micro. J'explique lors du dîner, à 350 personnes, que je devrai repartir vite. La salle est pleine d'un silence amical et respectueux. Je raconte l'accident de David. J'y parviens sans pleurer.

David rentre en France. Il est transféré à l'hôpital Georges-Pompidou pendant trois semaines. Il reste alité durant deux mois à la maison. Très faible, il peut à peine marcher. Se brosser les dents est toute une aventure. J'attends fébrilement le rendez-vous avec le cardiologue pour savoir quelles seront les séquelles. Je sais qu'on peut rester au ralenti toute une vie.

Lors du rendez-vous tant redouté, le docteur nous met en garde. Le stress et la pression favorisent ce genre de malaise. Je hoche la tête. Je sais qu'il a raison. Depuis quinze ans, David et moi travaillons d'arrache-pied. Centrés sur nos carrières, nous n'avons pas pensé aux conséquences. Le cardiologue annonce enfin la bonne nouvelle : pas de séquelle. Un immense soulagement m'envahit. Je respire. David sourit. Il redeviendra comme avant.

En sortant, nous allons déjeuner dans une brasserie. On ne le dit pas. On n'en parle pas, mais l'un comme l'autre nous le savons. Nous sommes prêts. Nous avons eu trop peur pour craindre encore quelque chose. Le soir même, Elvis est en route.

Nous en avons la confirmation alors que nous sommes sur une île, au soleil. David est encore affaibli par la maladie. Il se repose dans la chambre d'hôtel. Je tourne et retourne le test, je le brandis sous le nez de David qui me l'arrache des mains. Les émotions nous submergent, plus contradictoires les unes que les autres. Formidable ! Au secours ! Tu es sûr ? Comment on va faire ? Je sais tout ! Je ne sais rien ! Génial ! Catastrophe !...

Je me souviens de l'avoir annoncé à ma famille, un soir à Toulon. J'avais posé des paires de minibaskets dans chaque assiette. Mon frère Jean-Charles avait déjà deux garçons. Cette fois, c'était mon tour. Dans la foulée, j'ai annoncé le prénom. Elvis. Ma mère a sauté au plafond. « Elvis, mais ça ne va pas la tête ? Allez, arrête, dis-moi que c'est une blague. » C'était très sérieux. J'avais ce prénom en tête depuis un moment. Depuis qu'adolescente, j'écoutais en boucle Elvis Presley, Eddy Cochran, Gene Vincent et Little Richard. Depuis que j'avais découvert le rock'n roll !

Le premier trimestre de grossesse passe sans souci. Je travaille cinq nuits par semaine. Je cavale jusqu'à l'aube.

Au quatrième mois, la pression vient des clients scandalisés. L'endroit est trop enfumé pour une femme enceinte, et d'ailleurs comment David tolère-t-il que sa femme travaille dans cet état ? Et puis j'ai l'impression désagréable que le bébé appartient à tout le monde. Les clients me touchent le ventre comme s'il portait chance, à la façon des bossus ! À croire que ma grossesse est un peu la leur. Je la partage. Pas une soirée ne s'écoule sans un cours sur l'accouchement, des conseils pour le choix des cliniques, celui de la nounou, du papier peint pour la chambre, du danger que je fais courir à mon bébé en travaillant comme une folle…

Au cinquième mois de grossesse, je décide d'arrêter. Les réactions me touchent et je culpabilise. Je me dis que les gens ont peut-être raison, que je me surmène… Je me mets au calme pendant un mois. Mauvaise idée. Prisonnière dans mon appartement, j'angoisse. Je perds toute confiance en moi. Je tremble chaque fois que David pose son regard sur une fille. Au Pink, les demoiselles s'effeuillent, je tremble souvent… Ça ne m'est jamais arrivé ! Il suffit qu'il apprécie une danseuse et je suis dans tous mes états, persuadée qu'il va me quitter. Et s'il reste, que se passera-t-il si l'enfant me supplante dans son cœur ? Si David préfère l'enfant à moi ? Où serons-nous, tous les deux, dans ce nouveau trio ? Trois est un chiffre redoutable ! Je ne suis plus sûre de vouloir. J'ai peur. Mon gynécologue a un remède simple : travaillez, dit-il. Vous n'êtes pas faite pour rester inactive. Chic ! Me revoilà sur les rails. Enceinte de six mois, j'aligne ma tournée nocturne. Je commence par le Tanjia, puis La Suite et enfin le Pink. Durée de l'opération : de vingt-et-une heure trente à six heures du matin. Je continue jusqu'à huit mois. Cette fois, je me blinde contre les réflexions stupides et les comportements insensés – lors de la semaine de la mode, une fille ivre morte, très agressive, m'envoie sa coupe de champagne en pleine figure. Un autre soir, une idiote me donne un coup de poing dans le ventre histoire de rire un peu. J'arrive à me maîtriser, mais tout juste. Heureusement j'ai d'autres surprises. J'annonce au magazine Gala que je réveillonnerai dans mon restaurant La Suite, enceinte de huit mois. Le soir même, la salle compte douze femmes enceintes ! Décomplexées par l'article, elles se sont empressées de réserver…

Lorsqu'Elvis pointe son nez, le 9 février, David et moi nous nous regardons, les yeux embués. Ce sont des larmes de peur et d'amour, des larmes de grandes personnes. Je tiens Elvis contre moi. C'est notre enfant, notre chance à nouveau. Notre bébé minuscule et titanesque. Cinquante-cinq centimètres capables d'éloigner l'image de David perclus de tuyaux. Cinq minutes de vie et l'éternité d'une victoire sur les mauvais souvenirs.

Mes parents m'attendent dans la chambre. Mon père a voyagé avec une cinquantaine de roses rouges achetées chez un horticulteur près d'Hyères. Je ne reconnais pas ma mère tant elle est émue.

Je reste une semaine à la clinique. En plus de mon bébé, que je peux observer pendant des heures, je suis en train de faire une autre découverte, celle du repos. David apporte son ordinateur et nous regardons des séries américaines... Ensuite, il s'endort sur un lit de camp. Je ne connais rien de plus paisible. Parfois je pense au travail qui m'attend, derrière les murs de la clinique. Alors je me replonge dans le confort ouaté des draps. Je calque mon souffle sur celui, tranquille, de mon enfant. Je demande juste une trêve.

L'accord de paix commence à se dessiner. Sur mon lit, à la clinique, je signe la cession de mes parts du Tanjia. Je ne gagne presque rien. Je sais parfaitement ce qui m'attend. Deux établissements encore à gérer, La Suite et le Pink, avec un mari que le succès d'un premier album rend un peu distant. Comment le lui reprocher ? Auréolé de son triomphe, David n'a que faire du business. Il a deux priorités désormais : sa musique et sa famille ! Ses journées sont axées autour de l'un ou l'autre. Il se montre aussi disponible envers les deux. Lui et moi apprenons à être parents. Dur apprentissage... Le retour à la maison n'est pas sans secousse ! Le bain, les soins du cordon, les pleurs, les couches, les nuits hachées... Même ces années passées dans la nuit ne nous avaient pas habitués à ce traitement ! J'adore allaiter mon bébé. Et je savoure ces deux mois sans pression. Je découvre les heures élastiques, souples, sans impératif. Aucun rendez-vous professionnel. Personne d'autre à gérer que moi... Pas de contrainte, sauf celle du bien-être de mon bébé.

Et des siestes à foison. Comme si vingt années de travail, ce rythme tendu, cette force qu'il a fallu mobiliser pour en arriver là, s'échouaient brusquement au pied d'un lit. Le souffle coupé par l'évidence : un petit enfant dort. Et sa mère aussi a besoin de repos.

Mes parents ont intuitivement compris la situation. Ils me bichonnent. Ça aussi, je le déguste. Depuis mon adolescence, personne ne s'est soucié de moi. Concernant ma famille, j'en suis le pilier financier et psychologique. J'ai joué mon rôle. Maintenant, je passe la main. À croire que la maternité a remis les choses dans leur ordre naturel. Je ne suis plus la mère de mes parents. Je redeviens leur fille. Et je profite des attentions, de la tendresse et de la sécurité. Chaque jour, je m'étonne de ce qu'autant de gens demandent de mes nouvelles. C'est inhabituel... Je cherche les mots, je réponds le plus consciencieusement possible. Au fond de moi, je bafouille. Durant ces années, j'ai renoncé aux confidences. Me livrer était un luxe parfois réservé à Patty. Et puis, montrer ses chagrins ou ses doutes relevait de l'inimaginable. La nuit n'entend pas les plaintes. On est là pour s'amuser ! Mon métier consiste à m'occuper des autres. À métamorphoser leurs nuits, à engranger de beaux souvenirs. Mon métier consiste à rendre les gens heureux. Pas seulement pour qu'ils reviennent le lendemain. Mais aussi parce que j'ai, fondamentalement, un penchant pour les autres. Je n'ai jamais vécu mon travail comme une corvée. Mais il faut bien reconnaître qu'à force de fabriquer du bonheur, on en oublie parfois le sien.

Dans ce contexte, la reprise du travail est catastrophique. Mon absence de deux mois a généré un sacré désordre. Je retrouve une équipe complètement démolie. Chacun affiche des velléités de chef. L'accueil des clients, la gestion des menus, les finances, la qualité du service : ça part dans tous les sens. Il faut restructurer, reprendre les choses à zéro. Le calme tête-à-tête entre mon bébé et moi me semble soudain très loin. Parfois je regarde ma montre et je me demande ce qu'il fait. Je me revois à la même heure, il n'y a pas si longtemps, si disponible… Alors j'ai l'impression d'avoir un sac de tristesse à la place du cœur. J'entre dans le pire moment de ma vie professionnelle. Surtout, je ne parviens pas à chasser un sentiment intime de chaos, l'impression que ma vie n'est pas calée sur le bon axe. Elle tourne à vide.

Pendant ce temps, le succès de David est énorme. Il part de plus en plus souvent… Il saute dans les avions pendant que je gère les affaires. Je sens le décalage se creuser. J'aimerais tant me réjouir avec lui, partager sa réussite ! Mais je n'ai plus d'énergie. Seule à la tête de deux établissements, c'est épuisant. Chaque nuit, je récapitule, terrifiée, le coût des mille mètres carrés de La Suite. Je pense à ce bijou encombrant dont je suis si fière, pour lequel j'avais tant investi. J'aime penser à son toit en coupole transparente, aux murs de capitons blancs parsemés de faux diamants, aux fauteuils fabriqués dans la dernière usine Cherstefield en Angleterre. Le luminaire et les miroirs viennent de Murano, en Italie. Robert de Niro est venu me féliciter pour la beauté des lieux, Lenny Kravitz adore y manger des gaufres pour son anniversaire ! Le second de cuisine s'appelle Cyril Lignac et n'a pas encore le succès que l'on sait.

Cette magnificence réglée au cordeau défile dans ma tête sans que je parvienne à m'en réjouir. La beauté est lourde à porter... Surtout quand elle signe le premier désaccord, fondamental, entre David et moi.

Il y a toujours été farouchement opposé. Sur les trois établissements, seul le Pink l'amusait. Le Tanjia ne l'a jamais emballé et La Suite encore moins. À un moment, des investisseurs thaïlandais m'ont suppliée de leur céder La Suite pourtant en plein travaux. Ils étaient prêts à mettre beaucoup d'argent. Le prix qu'ils offraient nous aurait permis de gagner deux millions de francs. David a insisté pour que j'accepte leur offre car il ne supportait pas de me voir aussi meurtrie. Mais c'était impensable. L'argent n'a jamais été un motif suffisant pour me convaincre. Quand j'ai refusé, ça n'a rien arrangé avec David... « Très bien. Tu te débrouilleras seule », a-t-il tranché. J'ai acquiescé, tête haute. Et me suis noyée avec dignité. Même mon associé Patrick était consterné !

Moralité, je rumine mes angoisses au fond de mon lit. À cette heure, David est sous les spots à l'autre bout du monde, porté par une énergie positive. Moi, je pense personnel, gestion, prud'hommes, contrôles, juridiction. Je pense terre à terre.

Il n'ose même plus me téléphoner. Pour dire quoi ? « Chérie, j'ai mixé devant trois mille personnes dans une ambiance démente. Et toi, ta journée ? » Qu'est-ce que j'aurais pu lui dire ? « Oh, merveilleuse. D'abord un déjeuner d'affaire. Puis le bureau jusqu'à dix-neuf heures. J'ai vu notre fils une petite heure, après quoi je suis partie à La Suite jusqu'à deux heures du matin. Là-dessus, j'ai filé au Pink, j'en suis partie à sept. Je milite pour les trente-cinq heures par jour, qu'en penses-tu ? » Tout ce que je parviens à sortir, ce sont des reproches. Où est passé notre bel équilibre ? David m'appelle toujours du bout du monde pour me raconter ses instants heureux. Il ne m'exclut jamais. Cette fois, c'est moi qui ne l'accompagne pas. Je suis éreintée. Quelque chose lâche. Je suis seule à bord d'un avion qui fonce vers le sol.

Même les vacances familiales au soleil, sur les îles Maldives, ne m'apaisent pas. À l'autre bout du monde, les gens préparent Noël.

Bientôt ce sera le nouvel an 2006. Et j'ai l'impression d'être enferrée depuis des siècles. Le calcul est refait cent fois dans ma tête : avec les charges, les frais, les remboursements, je ne peux même pas me payer ! J'enrage toute seule. Jusqu'au moment où mon associé, Patrick, m'appelle. On ne peut pas laisser la situation telle quelle, dit-il. Je sais que tu vas mal. Voilà sa proposition : il rachète nos parts du Pink et de La Suite. David saute sur l'occasion. Il accepte. Il négocie notre sortie, un œil rivé sur moi. Il prend en charge notre départ. Jusqu'au bout, il a peur que je recule. Je nous revois, tous les deux au bord de la mer. Lui gesticulant à mes côtés, occupé à me persuader. Il parle, parle… Et moi, les yeux rivés vers la mer, avec cette seule question : « Mais David, si je vends, qu'est-ce qu'il me restera ? » La réponse sort du cœur : « Il te restera toi ! Elvis ! Moi ! Nous ! Il te restera la vie ! »

Je n'arrive pas à imaginer qu'en rentrant de vacances, tout sera fini. Je suis minée par cette angoisse sourde : comment exister désormais ? Comment vivre sans sollicitation avec pour seul titre « femme de David Guetta » ? J'arrive à Paris le cœur gros. Je pense à Chris et Patty. Maintenant que tout est fini, j'ai l'impression de les abandonner au bord de la route. Sans parler de l'équipe tout entière, et de ceux qui me suivent depuis le début... Pascale, Jeanette, Jérôme, Vicky, Judith, Betty, Gilles, Déborah, Véronica, Paulo, Reynald. Les noms défilent. Ils passent devant moi et j'ai beau les regarder, ils passent.

Arrive le jour de la vente. Face au notaire, j'essaie de faire bonne figure. Je souhaite de toutes mes forces qu'un événement survienne pour retarder la signature. Mais non. Je cède mes parts à Patrick. Je cède un bout de moi-même.

Je dois l'annoncer à deux cents personnes. Il faudrait que je parle mais je peux à peine respirer. Alors je me lance avec toute ma sincérité. Je retrace vingt ans de chemin nocturne parcouru avec eux, grâce à eux. Je ne dissimule ni mon chagrin ni ma gratitude. Les gens sont effarés. Certains sont perdus, d'autres restent sans voix. Mais à ma grande surprise, celui qui est le plus ému, c'est David.

Au début, les réflexes reviennent. Je téléphone à La Suite pour connaître le nombre de réservations, je règle les problèmes, j'écoute les potins de la nuit... Passer de 15 heures de travail par jour à rien, cela demande un temps d'acclimatation. Cette fois, pas de congé de maternité. Cette vacance ne m'est pas imposée. Chaque jour me rappelle cette donnée fondamentale : il s'agit de mon choix. Ça change tout. Et ça pèse lourd, bien plus lourd que la vacuité quotidienne.

Mais David avait raison. Je commence à fourmiller de projets. Je retrouve mon mari. J'ai l'impression de le connaître depuis quelques heures. Lorsqu'il s'absente pour ses tournées, je savoure le manque. Sa voix dans le téléphone, qu'elle vienne de New York ou de Buenos Aires, me transporte. Les retrouvailles ressemblent à une histoire d'amour toute neuve. On s'embrasse comme deux étudiants dans un hôtel à Courchevel, un soir de janvier 2007, devant le deuxième test de grossesse. Des gosses. Délestés des angoisses de jeunes parents...

Cette fois je n'écoute personne. Je mène cette grossesse à ma guise. Je ne renonce pas à la saison qui court de juin à début septembre, à Ibiza. Mes soirées Fuck me I'm famous sont à leur apogée. Les compilations FMIF s'arrachent. Sur la première, la photo est signée Jean-Baptiste Mondino. Pour les suivantes, j'ai droit à Terry Richardson. Les deux photographes ont compris, immédiatement, l'esprit insolent de notre démarche. Ils ne sont pas les seuls, à en croire le succès phénoménal de ces soirées. Quelle fierté de voir affluer autant de nationalités différentes au Pacha ! Enceinte de huit mois, je m'apprête à recevoir sept mille personnes pour une fête de tous les diables. Elle dure de minuit à l'aube. J'accueille les clients à la porte, je fais un tour au carré VIP, à la cabine du DJ, je danse sur le set de mon mari… La routine peut-être, mais quelle merveille ! Je ne me ménage pas. J'accompagne David en tournée. Ma petite fille, Angie, aura beaucoup pris l'avion !

C'est en modérant mon sens des responsabilités que j'ai enfin retrouvé celui de la fête. Une certaine insouciance… Depuis l'âge de vingt ans, ma vie personnelle était mêlée à ma profession, au point de se confondre. David était le trait d'union entre le privé et le public. Le succès aidant, il s'est consacré à la musique tandis que je suis restée avec la nuit sur les bras... Le lien entre mon métier et mon intimité était rompu. Il a fallu le retisser. Aujourd'hui, c'est moi qui marche vers le monde de David. Cette fois, j'en profite sans être patronne. J'avance, délestée et confiante. J'ai tant de choses à construire encore.

REMERCIEMENTS

L'éditeur remercie Yossef Balti
pour sa chaleureuse et habile entremise.

Cet ouvrage a été composé en Caslon par Palimpseste à Paris

Pour l'éditeur, le principe est d'utiliser des papiers composés de fibres naturelles, renouvelables, recyclables et fabriquées à partir de bois issus de forêts qui adoptent un système d'aménagement durable.

En outre, l'éditeur attend de ses fournisseurs de papier qu'ils s'inscrivent dans une démarche de certification environnementale reconnue.

CET OUVRAGE
A ÉTÉ ACHEVÉ D'IMPRIMER
SUR ROTO-PAGE
PAR L'IMPRIMERIE FLOCH
À MAYENNE EN AVRIL 2008

Imprimé en France
Dépôt légal : avril 2008
N° d'imprimeur : 71000
35-57-3357-7/01